천년야화

기다리는 로켓

라스트 로보 지음

목차

들어가는 글

"아파! 바늘이 부러져서 무릎으로 들어갔어! 혈관을 타고 돌아다니다가 머리로 들어가게 될 거야! 아파! 아파!"

5살 소녀의 이 말을 아무도 믿어 주지 않았고 시간이 흘렀다. 그 소녀는 나이가 들어 할머니가 되어서 무릎 관절염으로 고생하였다. 관절 수술을 받기 직전 발견한 사실은 정말 그곳에 바늘이 있었다. 부러진 바늘이 연골 사이에 놓여 있었다. 평생을 고생하신 나의 할머님의 이야기이다.

통증으로 고생하시고 아무도 믿어 주지 않았던 그 상황이 나에겐 상당한 충격으로 전해져 이 상황에서 내가 할수 있는 최선은 할머니가 관절 수술 후에 편안히 다니시도록 머신을 만드는 것이었다. 집 안에서 편안히 움직이시도록 이동하는 박스를 제작하였고 무릎이 옆으로 꺾이는 것을 방지하기 위해 집 안의 의자들을 자동화로 업그레이드하였다. 의자에 앉기 위해서는 다리의 각도를 만들어 몸을 어느 정도 비틀어 주어 앉는 것이 일반적인 자세이기 때문이다.

나는 특이한 파란색을 갖고 있는 블루핀이라 불리는 용으로 할머니로부터 전수받은 나의 기술에 대해서 이 책에서 설명해 주려 한다.

《천년야화: 기다리는 로켓》 곧 움직입니다!

탐정 스타게이저의 마지막 6개월 전

즐겨 찾던 카페의 바리스타가 사라졌다. 항상 노트북에 글자를 적고 있는 나를 유심히 보고 있던 동양계로 보이던 바리스타가 한 명 있었다. 그녀가 보이지 않는다. 오랜만에 이곳에 방문한 지금 새 직원들만이 보이고 있다. 그래도 신기한 일은 내가 즐겨 먹는 자바칩 프라푸치노가 오트 밀크 듬뿍 초콜릿 듬뿍으로 평소처럼 변함없이 만들어져 나왔다. 아마도 이곳 어딘가에 나의 이름과 나를 위한 레시피가 적혀 있는 것일 것이다. 지금의 직원들도 물론 친절하지만 예전의 직원들은 나에게 오래된 친구 같은 존재였던 것일까. 그리고 나를 멀리서 바라보고 있던 그녀의 마지막 모습이 기억에 스쳐 간다.

계절이 바뀌기 전에 마지막으로 이곳을 방문했던 작년 가을에는 항상 자연스럽게 인사해 주던 동양계 바리스타가 이상하게도 자연스럽게 말을 못 하고 주춤거리고 있었다. 뭔가 나에게 하고 싶은 말이 있어서 마음의 준비를 하고 있었던 것으로 여겼지만 나는 바로 출발해야 했기에 안타깝게도 내가 마지막으로 그녀에게 했던 말은 "빨대 큰 걸로 주세요."였다. 마지막 인사도 못 하고 제대로 된 대화도 못 하고.... 빨대를 달라고 한 나의 한심함은 도망가려야 도망갈 수 없는 사실이다.

그녀와 함께 예전 직원들도 보이지 않는 지금. 어떻게 된 일인지 직원들에게 물어보았다. 새 직원들이 들어오게 된 이유는 전에 일하던 직원들은 같은 학교 학생들로 새로운 전공으로 함께 그만두게 되었고 그들의 후배인 자신들이 추천을 받아 일하게 되었다고 한다.

"동양계로 보이는 홀쭉한 주근깨 아가씨는 어떤 분이셨는지 물어봐도 될까요?"

"그럼요! 그분은 서랍녀라고 불리는 불굴의 의지를 갖고 있는 분이십니다."

"서랍녀?"

"네, 어렸을 적에 짜장면을 먹고 싶었지만 짜장면을 먹을 만한 돈이 아예 없었습니다. 그래서 생일날에 받은 용돈으로 인스턴트 짜장면 봉지를 구매해서 서랍 안에 두었습니다.”

“왜 서랍 안에….”

“차마 아까워서 먹을 수가 없었기에 서랍 안에 두고 보기만 했던 거였죠. 여기서 슬픈 이야기는 그 인스턴트 짜장면은 유명 브랜드도 아니었고 맛과 퀄리티가 떨어지는 지금은 사라져 버린 브랜드였다는 것입니다.”

“안타까운 일이군.”

“그녀는 아침마다 서랍을 열어서 짜장면을 보며 마음을 충족시키고 미래를 꿈꾸게 되었고 굳게 마음을 다지고 등교하는 날을 되풀이하게 되었습니다. 그 짜장면은 성인이 된 지금도 그녀의 서랍 안에 있습니다. 그래서 성인이 된 지금의 그녀는 작은 것도 소중히 아끼는 마음이 강한 사람으로 그 아끼는 마음은 주변의 사람들에게까지도 자연스럽게 전달이 됩니다.”

“그래서 그랬군요. 나는 그녀와 많은 대화를 하지는 않았지만 그녀의 존재감만큼은 강하게 마음속에 자리 잡고 있었습니다. 내가 가장 좋아할 만한 완벽한 음료를 언제나 먹을 수 있도록 해준 그녀는 항상 나를 멀리서 지켜봐 주고 있었던 것이었군요.”

“이름이 슌 맞으시죠? 준수한다는 의미의 한자 슌.”

“동양인처럼은 안 보이시는데 한자를 알고 계시다니 놀랐습니다. 슌은 〈스타벅스〉에서만 사용하는 이름입니다. 스타게이저라고 불러 주셔도 좋습니다."

"네? 서랍녀는 스타게이저 탐정 사무소에서 일하는 것이 꿈이라고 했었습니다!"

"아.... 그녀의 이름은?"

"미카입니다."

스타게이저 장례식 1주년

 하와이 남쪽에 자리 잡고 있는 키리바시(Kiribati)라는 작은 섬은 크리스마스 아일랜드(Christmas Island)로 알려져 있다. 이곳은 입에서 녹아내리고 감칠맛으로 삼켜진다는 참치가 유명하다. 키리바시는 일본, 미국, 오스트리아, 뉴질랜드 등에 입항하기 유리한 위치에 있기도 하다. 그래서 작은 식당에서도 키리바시 참치의 극도로 신선한 맛을 제공하는 것이 가능하다. 이 참치를 사용하여 유명해진 패스트푸드 전문점에서 마케팅 담당을 모집한다고 해서 지원하게 되었다.

 나는 미카 3인방의 미카이다. 미카 3인방은 내가 결성한 그룹이다, 결성의 취지는 미국 캘리포니아에서 어정쩡한 강의를 하고 계시는 마크 교수의 뒷조사를 포함해 진실들을 추리하기 위한 것이었다. 마크 교수는 전설적인 싸움꾼으로 인간 병기라 불린 사람이었고 스타게이저 탐정 사무소에서 중요한 역할을 했던 것으로 유명하다. 스타게이저의 장례식 1주년이 다가오고 있는 시점에서 뿔뿔이 흩어져 있는 스타게이저 멤버들이 다시 뭉쳐 주기를 바라는 마음도 있기에 우리 미카 3인방의 활동은 중요하다. 그러던 어느 날 나는 예기치 않은 만남을 하게 된다. 그 만남은 패스트푸드점 아르바이트 면접시험에서 이루어졌다.

7개의 매장을 효율적으로 관리하고 있는 이곳의 메뉴는 참지! 하나뿐이다. 예전에는 버블티를 판매했던 적이 있었다고 한다. 사실 인터뷰는 어제가 마감이었다. 나에게는 인터뷰를 볼 기회가 없었다. 하지만 나를 신뢰하고 계시는 마크 교수의 소개로 겨우겨우 5분 면접으로 진행한다고 해서 그들의 헤드 쿼터가 있는 하와이로 가게 되었다. 물론 비행기 티켓은 제공해 주었지만 5분 면접을 위해 반나절을 비행기로 여행을 한다고 생각하니 내가 제대로 하고 있는 건지.... 그들은 제대로 된 사람들인지 의문이 드는 것은 아무래도 당연한 일일 것이다. 그들이 아무리 바쁜 사람이라고 해도 '5분 면접. 절대로 늦으면 안 될 것!'이라는 메시지를 받게 된 사람의 입장에서 너그럽게 생각해 준다면.... 그것에는 뭔가 특별한 이유가 있을 것이다. 면접은 앞뒤가 환하게 트인 공원에서 하기로 약속되었다. 무엇보다 공항과 가까워서 감사했고 멋진 바다가 보이는 곳이라서 또 감사했다. 아무리 그래도 공원에서 아르바이트 면접시험을 본다는 경우는 들어 본 적도 없다. 공원에 미리 도착해 기다리고 있는 지금은 더 많은 의문이 몰려오고 있다. 그리고 곧 약속 시간이 되었다.

약속 시간인데 아무도 나타나질 않는다. 20분이 지나도 아무도 나에게 다가오는 사람이 없었다. 비정상적으로 긴 여행과 비정상적인 인터뷰 장소에 대한 의문을 뒤로하고 나는 이 장소를 떠나야 했다. 비도 내리기 시작했고 비행기 시간에 맞춰 바로 돌아가야 하기 때문이다. 혹시나 인터뷰를 위해 늦게 도착하실 분을 위해서 나는 쪽지 하나를 남겨 두었다.

아임 백(I'm back)
타이 티(Thai Tea)
인 유어 하트(In your heart)

비행기 안에서 내 옆자리에 앉으신 분은 뚱뚱하다. 뚱뚱해서 나의 몸이 밀리고 있다. 이렇게 불편한 자세로 몇 시간을 가야 한다고 생각하니 숨이 막혀 온다. 이때 한 여성분이 다가와 그 뚱뚱한 아저씨에게 자신의 일등석 자리와 바꾸자고 제안해 주었고 그 뚱뚱한 아저씨가 일어나는 순간 나는 숨을 제대로 쉴 수 있게 되었다.

"감사합니다. 자리를 바꿔 주셔서 다행입니다. 앗!"

자리를 바꾸어 주신 여성분은 바로 마크 교수와 같은 팀으로 활동하셨던 전 스타게이저 사무소의 엘사였다. 그 여성분이, 아니 엘사 씨가 내 옆자리에 앉았다. 와! 유명한 엘사 씨가 자신의 일등석을 내놓고 내 옆자리에 앉게 되다니 무슨 일일까? 이런 우연도 있는 것일까?

"미카 씨, 기다리게 했습니다. 여행의 경로가 바뀌게 되는 예기치 못한 일이 있었습니다. 너무나 죄송합니다. 그리고 남겨 주신 쪽지, 잘 받았습니다."
"네? 저를 기다리게 하신 분이 엘사? 아니 저는 그냥 아르바이트 인터뷰를 하기 위해 기다리고 있었습니다."

"네, 아르바이트 1차 면접은 합격하셨습니다. 이제 2차 면접 시작합니다."

끝났다고 생각했던 아르바이트 면접을 비행기 안에서 하게 되다니…. 세상에 이런 일도 벌어지는구나. 더군다나 인터뷰를 보실 분이 내가 존경하는 스타게이저의 동료 엘사 씨였다니…. 그리고 바로 인터뷰를 시작하려고 하신다. 정신 바짝 차려야 할 시간이다.

"아임 백…. 인 유어 하트라는 문구를 사용하신 이유는 무엇인가요?"

나는 바로 마이클 잭슨의 〈아이 원트 유 백(I want you back)〉이라는 노래를 작은 목소리로 온 마음을 담아 불렀다.

"우우 달링! 아 워즈 블라인드 투 렛 유 고(Ooh Darling! I was blind to let you go). 아임 백…. 인 유어 하트(I'm back…. In your heart)."

"역시 그랬군요! 당신을 보내서 아쉽다는 간절한 마음을 담아내는 마이클 잭슨의 그 노래를 개사해서 '네가 돌아오기를 원해(I want you back)'라는 부분을 '내가 돌아왔어(I'm back)'로 바꾸고 전체적인 가사의 포인트라고도 할 수 있는 '너의 맘에(In your heart)'로 마무리하면서 너의 맘에 지금 돌아왔다는 감동을 만들어 내셨군요. 가사도 바뀌었고 타이 티라는 말도 중간에 들어갔으니 물론 이 짧은 구절이 표절에 걸릴 일도 없구요."

"그렇습니다. 이 전설적인 노래를 떠올리며 감동의 눈물을 흘리시는 분도 은근히 계실 것이고…. 패스트푸드점의 신메뉴로 사람들의 사랑을 받았던 전설적인 타이 티를 불러오게 된다면…. 노래의 전설적인 감동이 또한 타이 티의 전설적인 맛으로 전해져 '타이 티! 다시 돌아와! I want you back!'이라는 감탄사를 이끌어 낼 수도 있을 것입니다."

"굉장한 실력입니다! 스타게이저 님의 추천이라서 기대를 하고 있었는데 이런 보물을 발견하셨네요."

"네? 저는 마크 교수의 추천이 아니었나요? 스타게이저 님이시라면 전설의 탐정으로 더 이상 이곳에는…. 그분이 저를 추천해 주셨다는 건가요? 저는 그분을 만난 적이 없습니다."

"미카 씨는 그분을 잘 알고 계실 겁니다. 치매에 걸리신 할머니를 구해 준 사람에게 호감이 있으셨죠? 그분에게 그가 좋아하는 완벽한 맛의 자바칩 프라푸치노를 제공해 주셨고 나중에 카페를 떠나실 때는 새로 오는 직원들에게 그 자바칩 프라푸치노의 레시피를 남기고 떠나신 것처럼, 스타게이저 님도 우리를 위해 떠나

시기 전 미카 씨에 대한 메모를 남겨 주셨습니다. 그 메모는 흥미로웠습니다. '큰 도움이 올 것'이라는 것과 '기다리는 로켓'이라는 단어였습니다. 그 단어들은 아이러니하게도 많은 비밀을 푸는 열쇠가 되어 주기도 했습니다. 그 이야기는 나중에 기회가 되면 자세히 설명해 드리겠습니다. 그럼 3차 면접 시작합니다."

  상당히 흥미로운 눈으로 나를 쳐다보고 있는 엘사 씨는 마치 나의 모든 것을 알고 계시는 듯하였다. 그리고 가차 없이 3차 면접을 시작한다.
  "이 노래를 선택하신 다른 이유가 혹시 있으신가요?"
  역시 대단하신 분이다. 정곡을 찌르시는 질문을 받아 버렸다.
  "아.... 그건, 이런 말을 하면 요즘 무시당하는 사회의 분위기도 있고 해서 말하기 쉽지는 않은 부분입니다...."
  "괜찮습니다. 솔직한 미카 씨의 목소리를 듣고 싶습니다."
  "그럼, 전부 이야기하겠습니다. 현재의 미국 사회는.... 정상이 아닙니다. 흉악한 범죄자가 죽으면 전 국민이 일어나서 영웅으로 추대하고 추모까지 합니다. 그리고 시위를 하고 난동을 부리며 막대한 돈도 받아 갑니다. BLM이라는 운동입니다. 물론 완전히 인종차별의 단어입니다. 말도 안 되는 단어입니다. 그건 그렇고 가장 안타까웠던 부분은 이 시기에 국민들을 위해서 진심으로 일하다 죽어 간 사람들을 음모론자로 몰아가며 추모를 해 주지도 않았습니다. 있어서는 안 될 일입니다. 정작 자신들의 가족을, 자신들의 아이들을 살리기 위해 노력해 준 사람들은 그들의 관심사가 아니었던 것입니다. 이런 말도 안 되는 일이 사회에 벌어진 이유는 교묘하고 막대한 정신적인 지배가 있었기 때문이죠."

말해 버리고 말았다. 음모론자로 몰릴 만한 정신적 지배라는 말.

"그래서 미카 씨는 현재의 전반적인 사회적 분위기를 이용해 그에 맞는 새로운 아이템을 선전할 아이디어를 준비해 주신 거네요. 약속 시간에 늦은 저를 위해서."

"맞습니다. 아니 약속 시간에 늦으신 것은 이유가 있었을 거라고 생각했구요. 그렇습니다. 현재의 사회적인 분위기에 잘 팔릴 수 있는 효과적인 문구를 인터뷰에 오실 분에게 전해 드리고 싶었습니다."

"솔직한 말씀 감사합니다. 질문 한 가지만 더 하겠습니다. 마크 교수에 의하면 미카 씨는 추리력도 상당하다고 하던데…. 인종차별 BLM의 영향을 받을 만한 살인 사건 하나를 추리해 주셨으면 합니다. BLM의 파장으로 사회의 많은 곳에 영향력이 들어가게 되었습니다. 경제는 물론 사회와 정치까지도 얽혀 있는 그곳에서 유명한 살인 사건이 있었죠. 애슐리 배빗입니다."

"알겠습니다. 그 사건 추리해 보겠습니다. 우선, 30초만 제 머릿속의 필름을 돌려 보겠습니다."

30초라는 시간 동안 미카의 눈동자는 빠르게 좌우로 움직였다. 그리고 뭔가 발견했는지 눈을 깜빡거리며 정상 모드로 되돌아왔다.

"애슐리 배빗과 함께한 군중은 트럼프를 응원한다는 구호와 함께 국회로 진입합니다. 부자연스럽습니다. 트럼프의 팬이었다면 같은 시간에 진행되고 있던 트럼프의 중요한 연설에 참가하는 것이 자연스럽고 당연한 이치입니다. 그리고 애슐리 배빗이 국회로 들어가 창문이 있는 문 앞에 서 있었습니다. 그러고 나서 누군가가 갑자기 나타나더니 바로 총을 발사하고 사라집니다. 너무나 부자연스러운 부분입니다. 상황을 보고 대처한 것이 아니고 미리 카메라로 보다가 사람 한 명을 정해 놓고 쏘고 사라졌다고 하는 것이 이치에 맞아 보입니다. 애초에 미국에서는 곰이 집 안에 침입했을 때 동물 구조대가 출동해 마취제로 잠재우고 데려갑니다. 그런데 군중에게 바로 총을 발사하고 사라진 어처구니없는 행동을 한 그 사람에게 아무런 비난도 향하지 않았습니다. 오히려 모든 비난은 중요한 연설을 하려 했던 트럼프 대통령에게로 간 것입니다."

"그럼 미카 씨는 그 이유가 무엇이었다고 생각하십니까?"

"그 총을 쏜 사람의 피부와 BLM 운동으로 사회 전반에 뿌려진 피부 색깔이 같았기 때문입니다. 만약 총을 쏜 그 황당한 사람에게 누군가가 손가락질을 한다면 그 사람은 사회에서 소외당하는 인종차별론자로 몰려 버리게 됩니다. 애슐리 배빗 개인에 대한 이야기는 고인에 대한 예의로 넘어가겠습니다."

"합격입니다."

"네 합격한 겁니까? 제 추리 괜찮았습니까? 그럼 참치 패스트 푸드점의 마케팅 부서에 들어가게 해 주시는 겁니까?"

"미카 씨에게는 두 가지의 선택이 있습니다. 첫 번째는, 패스트 푸드 체인점 마케팅 부서에서 아르바이트는 물론 정직원으로도 일하실 기회를 준비해 드릴 수 있습니다. 그리고 다른 선택 하나는, 저의 팀과 같이 일해 주시는 것입니다."

느닷없는 제안을 받았다. 아니 사실 인터뷰를 받게 된 전반적인 과정을 생각해 보면 전반적인 흐름에 맞춰진 자연스러운 제안일 수도 있겠지만 그래도 엘사 씨의 팀에 들어간다는 것은 내가 멀리서나마 꿈꿔 왔던 그런 꿈같은 제안이었기에 상당히 놀라웠고 기쁨을 감출 수가 없었다.

"네? 엘사 씨의 팀이라면.... 인간 병기 마크를 포함한 다른 멤버들과 같이 일할 수 있는 기회가 주어진다는 것.... 맞나요? 제가 그분들과 같이 일하게 되는 것인가요?"

"그렇습니다. 하루의 기회를 드리겠습니다. 우선, 원하시는 마케팅 부서에서 일하시는 것을 추천합니다. 하지만 만약에 저희와 같이 일하고 싶으시다면, 이곳으로 전화해 주시면 됩니다."

이곳으로 전화해 달라고 하시는 엘사 씨는 눈동자의 움직임과 깜빡임으로 전화번호를 알려 주셨다.

"저는 가족도 없고 연락이 되는 친척도 없습니다. 이 일에 최적화된 환경에 있습니다. 안전한 직장인 마케팅 팀에서 일하는 것은 아르바이트로 좋습니다. 제가 정말 하고 싶은 일은 엘사 씨의 팀과 함께하는 것입니다. 하루를 기다릴 이유도 없습니다. 저는 벌써 결정하였습니다."

잠시 침묵이 흐르고 몇 초 후에 엘사 씨가 다정하고 조용한 목소리로 말씀해 주셨다.

"웰컴 백! 인 유어 하트(In your heart)."

"내가 내 맘에 돌아온 것을 축하한다."라는 의미를 담은 엘사 씨가 건네주신 이 짧은 구절은 내가 내 자신이 하고 싶은 것을 선택했다는 의미를 담아내고 있어서 나도 모르게 내 눈에 눈물이

고이게 되었다. 아마도 고마움의 눈물이었을 것이다. 만약, 아우어 하트(Our heart)라는 말을 사용하셨다면 자신의 팀에 합류해서 환영한다는 일반적인 말이 되어 버린다. 인 유어 하트(In your heart)는 그 말을 뛰어넘어서, 나를 진심으로 이해하고 나의 길을 축하한다는 진심 어린 마음이 담긴 구절로 나에게 바로 전달되어 왔다. 이때 나의 눈물과 함께 나의 머리에 스쳐 간 사람들은 바로 나의 동료들이었다.

"저기, 제자 조직한 미카 3인방 친구들도 같이 데려가고 싶은데요."

"미카 3인방? 이야기해 주시겠습니까? 미카 3인방에 대해."

마크 교수님의 제자로서 마크 미행 3인방을 결성한 우리는 사실 실력이 있다. 자랑스러운 멤버들을 소개하자면 기다란 목에 기다란 검은 머리를 앞으로 허리까지 늘어뜨리고 다니는 첫 번째 멤버의 은근한 매력은 정말로 은근하다. 과하지 않고 조금은 신비롭다. 중간중간 살짝 구부러져 있는 머리카락은 왠지 가슴을 고의적으로 마크하려는(가리는) 듯한 섹시해 보이는 스타일과 신비로움을 연출해 주는데 그녀의 이름은 미카. 바로 나이다. 몸이 부실해 보인다는 평이 있어서 빈약한 가슴을 가리고 다닌다는 오해를 받기도 하지만 엄밀히 말하자면 내 가슴은 이쁘다. 이쁘기 때문에 나도 모르게 가리고 다니는 것이다. 나의 이쁜 가슴을 만져 줄 사람을 아직 찾지는 못했지만 마크 교수, 인간 병기 마크라면 혹시 허락해 주는 것도 가능하지 않을까 하고 생각은 가끔 하기도 한다.

두 번째 멤버는 키가 작지만 작아 보이지 않는 나나. 자연스러운 대화로 누구의 마음이든지 1분 안에 사로잡는다고 하는 언어의 마술사이다. 일반적으로 말하는 이쁜 얼굴은 아니다. 못생긴 것처럼 보이기도 하지만 그리 못생긴 것도 아니다. 그녀의 일반적이지 않은 못생긴 매력은 천 년의 마력이 숨어 있을 정도로 대단하다고 한다. 그 못생긴 마력에 빠지면 절대로 빠져나오지 못한다는 소문이 간간이 들려오기도 하는데 나나의 취미는 새로운 언어를 체득하는 것이다.

마지막으로 소개해 드리는 멤버는 공붓벌레지만 아직도 졸업 못 하고 있는 힘이 세고 믿음직한 남자, 학구파 마루이다. 졸업을 못 하고 있다고 해서 뇌의 기억력이 떨어지는 것은 아니다.... 분명 그는 많은 지식을 갖고 있고 은근히 사람들을 도와주는 일이 필요할 때 나타나 주는 정의의 사도 같은 사람으로 없어도 될 것 같지만 없어서는 안 되는 사람이다. 위기의 순간에 강한 힘을 발휘한다는 소문도 있기는 한데 그 소문이 사실인지는 물어보지 않았다. 왠지 내가 물어보는 순간 그 소문이 사실이 아닌 걸로 밝혀진다면 은근히 믿고 있던 나의 희망 하나가 사라질 수도 있기 때문이다.

우리 세 명은 마크 교수의 미행을 시작하게 되었다. 비밀을 파헤치려는 목적하에 급조된 그룹이지만 어찌 된 일인지.... 시간이 경과하면서 우리는 마크(Mark) 교수를 이상한 세력들로부터 방어하기 위한 마크(Mark)를 해야 했다. 이 부분은 책에 북마크(Book Mark)를 해야 할 정도로 중요한 부분이기에 자세한 이야기를 들려주겠다.

어정쩡한 마크 교수는 우리의 보호가 필요하다. 인간 병기는 보호가 필요하지 않을 거라고 누구든지 상상할 수도 있겠지만 그를 미행하면서 알게 되었다. 보호가 필요하다는 것을. 그가 항상 다니는 길은 정해져 있다. 본인은 물론 느끼지 못하고 있겠지만 너무나 반복적인 그의 일상은 작은 손바닥 안에서 움직인다. 그래서 미행 프로젝트는 순조롭고 아주 쉽게 진행되었다. 우리는 매번 다른 옷을 입기도 하고 다른 향수를 뿌려 보기도 하면서 마크 교수가 다니는 길의 모퉁이 주위에서 잠복을 한다. 이렇게 하루하루가 지나며 우리는 마크 교수가 불쌍하다는 생각을 하게 되었다. 너무나 단조롭게 생활하고 새로운 길로 가는 시도를 회피하는 그의 손바닥 위에서의 생활을 바꾸어 주자는 계획을 만장일치로 하였다. 마크 교수에게 새로운 삶을 선사해 주는 것이다!

우리 동네의 골목 어딘가에는 사람들의 발길이 닿기 힘든 오래된 앤티크 숍이 있다. 왠지 모르게 지나쳐 버리게 되는 면도 있고 앤티크 물건들은 가격도 비쌀 거 같아서 차마 그 안으로 들어갈 엄두를 못 내는 것도 이유이다. 그 앤티크 숍이 우리의 시선에 들어오게 된 이유는 평소에 말이 없는 마루의 행동 때문이었다. "저기...."라고 하면서 손으로 가리키고 있었다.

창문 너머의 앤티크 숍에서 이상한 소리가 들려왔다. 그 소리는 꽤 만화적으로 생긴 외모를 갖고 있는 여성으로부터였다. 그녀는 책을 넘길 때마다 이상한 소리를 입에서 내었다. 물론 창문 밖에서 보고 있었기에 정확한 소리는 감지하지 못했지만 소리에 민감한 나나와 마루가 설명해 주었다. 나나와 마루는 먼 친척이다.

"이것은 보기 드문 광경이다." 언어를 체득하는 것이 취미이고 이미 많은 언어에 능숙한 나나가 한 말이다. 그녀는 다시 이렇게 말하였다.

"이것은 들어 본 적이 없는 언어이다.... 할머니의 재봉틀과 찢어진 청바지...."

나나는 알 수 없는 말을 중얼거렸고 마루의 생각이 궁금했다. 마루는 무슨 생각을 하고 있는 것일까?

나는 마루. 앤티크 숍에서 책을 읽고 있는 그녀는 어떤 각도로 보아도 그 자체가 예술이었다. 어떠한 배경에 있어도 만화책에서 나온 것 같은 그녀의 모습에 배경이 살아나고 그녀의 어떠한 움직임도 나의 뇌를 초토화시킬 만큼 폭발적이고 강력한 분위기를 만들어 낸다. 이것을 한눈에 빠졌다고 하는 것인가. 아니면 한눈에 녹아내렸다고 하면 더 말이 될까. 나의 모든 것이 녹아내려 그녀에게로 흘러 들어가고 있다.

과묵한 마루의 생각을 듣고 싶었지만 별말을 할 것 같지 않아서 나의 계획을 말해 버렸다.

"마크 교수가 이곳을 지나가게 하면 재밌는 일이 생길 거 같아! 우리가 그의 인생을 바꾸고 새로운 지표를 마련해 주는 것이지!"

나나는 바로 고개를 끄덕여 주었고 마루는 다른 곳을 보고 있었지만 아마도 굉장한 계획을 세우고 있는 것임이 분명하다. 그래서 우선 나의 계획을 이야기하였다.

　"마크 교수의 정해진 경로를 바꾸고 이곳으로 불러들일 수 있는 방법은 뭐가 있을까? 우선 평소의 진행 경로를 깨기 위해서는 깜짝쇼가 필요할 거야. 학교에서 나오는 마크 교수의 오른쪽 신발을 몸무게가 가벼운 나나가 가볍게 한번 밟아 주는 거야. 오른발에 실리는 물리적 자극으로 왼쪽 뇌의 이성적 판단에 자극을 주어서 새로운 길로 들어갈 발판을 깔아 주고 나나의 향기가 마크 교수에게 다다를 정도로 살짝 왼쪽으로 스쳐 지나가 주면서 사라지는 거야. 사라지기 전에 한마디를 덧붙여 주어야 해! '실례해용~ 자, 다음에용~' 이렇게 귀엽게 이야기한다면 일본 말에 유창한 마크 교수는 무의식적으로 '다메용(용은 안 돼!)'이라는 말로 인식하게 되면서 항상 다니던 〈드래곤 카페〉로 가는 길을 선택하지 않고 왼쪽을 향해서 새로운 발걸음을 시작하게 될지도 몰라."

　"계획대로 해 볼 수는 있겠지만 그 계획이 성공할 만한 이유가 있다면?"
　조금 의아해하는 나나였다.

"사람이 무의식적으로 행동하게 될 때는 무의식적으로 행동하기에 강력한 힘을 발휘하지. 자신도 모르게 하기 때문에 이성적인 판단이 관여하지 못하고 자신도 모르게 은근슬쩍 마술처럼 끌려가 버리는 것이지."

"그 말 믿어 보겠어!"

다음 날, 마크 교수는 정말 평소의 방향대로 가지 않고 새로운 곳에 진입을 하게 되었다. 그것이 나나의 향기였는지 단어에 의해 무의식이 자극된 것이었는지에 대해서는 확실치는 않았지만 그 새로운 진행 경로를 마크 교수는 즐기고 있었다. 새로운 건물들의 건축 양식에 매료되기도 하고 진열된 신형 자동차를 구경해 보기도 하던 마크 교수는 특이한 신발을 신은 여자를 따라서 앤티크 숍에 다다르게 되었다. 이때 놀라운 사실은 앤티크 숍의 그녀가 마크에게 관심이 많아 보였다는 것이다. 그녀는 마크 교수를 보기 위해 창문을 활짝 열어 고개를 내밀었다. 하지만 마크 교수는 특이한 신발의 여성에게 눈을 떼지 못하고 멍하니 가게 앞에서 서 있었는데 이때가 바로 도움이 필요한 위기의 순간이었다. 인간 병기 마크의 유일한 약점을 발견한 것이다. 뒤에서 다가오는 스파이의 존재를 감지하지 못한 마크 교수는 그야말로 무방비 상태에 있었다. 이때 덩치가 큰 마루가 빠른 동작으로 움직였다. 그 움직임은 너무 빨라서 보이지 않았고 바닥에 정신을 잃고 있는 스파이 두 명만이 잠을 자는 듯 누워 있게 되었다. 처음으로 마루의 힘을 보았고 인간 병기라 불리는 마크 교수의 약점을 보았다. 나나가 다시 마크 교수에게 다가가 구두를 밟았고 정신이 든 마크 교수는 가던 길을 가게 되었다. 우리의 존재는 최대한 감추었다. 어정쩡한 마크 교수를 도와주었다는 소문이 퍼지기를 우리는 원치 않는다. 어정쩡한 그대로의 그 성격이 좋았기에 그대로 있어 주기를 원했다.

마크 교수의 수업이 곧 끝난다는 사실을 깨닫게 된 것은 그 후로 몇 주 후의 일이었다.

마크의 마지막 수업

"내 손에 적절한 저항을 주어서 제가 턴을 편안하게 성공한다
면 당신은 나의 파트너입니다."

"알겠습니다."

"아니 좀 전엔 잘했는데 갑자기 왜...."

"음, 다시 해 보죠."

"또 안 되잖아요. 한 번만 잘해 주면 파트너가 된다고 했는데...."

"이 두 사람의 대화를 보면, 말하는 어투와 동양인에 대한 호감
도를 보았을 때 그녀는 러시아계 미인일 가능성이 있고 성격이
개방적이지만 착실할 것입니다. 무뚝뚝한 대답으로 상황을 감지

못 하고 있는 그를 궁금해하고 관심이 있습니다. 이에 비해 동양 계 남자는 재미없고 말주변도 없지만 무덤덤한 답변에서 신뢰를 얻을 수 있었고 그녀와의 결혼에도 성공하게 됩니다.”

“교수님, 이 이야기의 주인공은 누구인가요?”

이때 미카 3인방의 미카가 손을 들고 과감하게 일어섰다. 그녀 는 평소에 강한 척을 하지만 왠지 마크 교수의 앞에서는 허약한 자신의 본모습을 드러낸다.

“저기요, 제가 알 것 같습니다. 기운이 없다고 소문난 미카입니 다. 그, 그렇다고 몸이 빈약한 것은 절대 아닙니다. 이야기를 이 어 가면…. 콜록콜록. 이 이야기의 주인공은 교수님입니다. 마지 막에 ‘결혼에도 성공하게 됩니다.’라는 말은 거짓말입니다. 왜냐 면….”

“왜냐면?”

“그게 왜냐면 여러 가지 이유로 간파하게 되었는데요. 에취! 말 의 톤과 눈 깜박임의 횟수를 계산하고 있었습니다. 그리고 한 학 기 동안 쭉 지켜봐 온 저의 견해로 교수님은 망설이시는 분이십 니다. ‘이 여자 괜찮지만 혹시 이 여자보다 더 나은 여자가 나타 나면 어떻게 하지?’ 하면서 정작 중요한 순간에 기회를 놓쳐 버리 는 성격을 갖고 계시다고 판단했기에 교수님은 평생 결혼을 하지 못할 운명인 것입니다!"

"음.... 예리하군. 열정의 추리를 직접 듣고 나니 역시 대단한 학생들을 만났다는 것이 확실하군."

"그렇게 말씀하시지만 저희보다 더 대단한 학생들을 만날 것이기에 교수님은 오늘을 마지막으로 떠나시는 것 아니십니까?"

말에 힘을 싣고 있는 미카이다.

"오늘이 마지막 수업인 걸 어떻게 알았지?"

"저는 모든 것을 알고 있습니다. 우선, 스타게이저 추모 기금으로 마련된 신설 과목 중에서 인기 많은 다른 수업들도 많았지만 어정쩡한 토픽으로 두서없이 이끌어 가는 교수님의 수업을 듣기 위해 학생들이 모여 준 것은 교수님의 어정쩡한 부분이 있었기 때문입니다. 혹시 그 어정쩡함으로 우리에게 숨겨진 비밀들을 이야기해 주지는 않을까 하는 바람이 있었습니다. 콜록콜록. 여기에 모인 학생들도 저와 비슷한 마음일 것입니다."

"그런 거였군. 어쩐지 학생들이 많이 모였다 했지."

"모르고 계시겠지만 몇 달 전부터 저는 교수님의 미행을 시작하였고 몇 주 전부터는 저와 생각을 같이하는 여러 명과 함께 마크 교수 조사 팀을 꾸려서 방과 후에 착실하게 수행 중에 있습니다. 그렇게까지 하게 만든 교수님이 어느 정도 책임을 느끼신다면 오늘 마지막 수업에 교수님의 이야기를 들려주셨으면 합니다. 아무에게도 말 못 한 이야기. 아무도 믿지 못할 이야기 같은 것이 있음이 분명하다고 저희 조사 팀에서는 확신을 하고 있습니다."

"미행 건에 대해서는 눈치채고 있었지만 조사 팀이 있었다니, 그래서 오늘이 마지막 수업이라는 정보를 얻은 거로군. 하지만 수업 시간에 나의 이야기를 하는 것은 학교의 규칙에 맞지 않고...."

"더 많은 이야기를 듣고 싶은 마음은 여기 앉아 있는 학생 전원도 일치할 것입니다."

"확실히 특이한 경험을 했던 적이 있었고 아무도 믿지 않을 만한 이야기가 하나 있는데.... 역시 내 학생들은 대단한 추리력을 갖고 있어. 하지만 그 이야기는 밤을 새워도 끝나지 않을 수도 있는 이야기라서...."

"여기에 앉아 있는 전원, 밤을 새워서라도 듣고 싶을 것이라고 확신합니다. 에~춰!"

미카의 열정에 반응해 학생 한 명 한 명을 눈으로 확인하는 마크이다.

"그럼 내가 숨겨 온 이야기, 아무에게도 말하지 않았던 그 이야기를 전부 들려주지. 혹시 여기 미성년자도 있나?"

"두 명 있습니다."

"그렇다면 PG-13(극장에서 상영하는 일반적인 기준)으로 들려주지. 우선 내가 갖고 있는 마술 같은 능력을 보여 줄 텐데."

이 말과 함께 전화기를 꺼낸 마크.

"안녕하세요, 아주머니! 아직 주방 정리 안 되셨죠? 급식 시간이 지금 지났지만 그래도 커피는 가능하지 않을까요. 주방 구석에 제가 숨겨 놓은 커피 빈 한 자루가 있을 거예요. 그것을 지금 수업 듣고 있는 학생 전원에게 대접하고 싶습니다. 마지막 수업의 선물로 꼭 전하고 싶습니다. 괜찮겠습니까?"

마크는 능력에 대해 말하고 주방에 커피를 부탁하였다.

"47명 전원에게 커피를 부탁할 수 있는 나의 능력은 사실 미비하지만 47명분의 커피를 짧은 시간에 만들어 모두가 감동의 맛을 맛볼 수 있게 할 수 있는 주방 이주머님의 능력은 마술 그 이상이지. 에스프레소 머신 대신 사용하는 팔과 몸무게를 이용한 압력과.... 앗! 몸무게는 아주머니의 비밀이라서.... 앞으로 5분 안에 전달될 멋진 커피를 즐기며 나의 이야기를 편안히 들어 주었으면 해."

"저기요, 교수님. 이야기 시작하기 이전에 아주머니 이야기도 해 주실 수 있나요? 교수님과 어떤 관계이신지...."

"아주머니를 이곳에서 봤을 때는.... '이렇게 열심히 일하는 분도 있구나.' 생각했습니다. 숨도 안 쉬고 9시간을 일하는 걸 보고 '이분 이러다 곧 쓰러지겠구나.' 생각이 들었고 전력을 다해 일하시는 이 아주머니는...."

이때 커피가 도착하였다. 커피를 들고 직접 와 주신 그 아주머니는 굉장한 미인이었다. 평생에 한 번 만날까 말까 한 그런 미모를 가진 아주머니였는데, 미모보다 더 놀라운 것은 상냥함이다. 백 미터 밖에서도 감지될 것 같은 그 상냥함은 아무래도 한없이 겸손하고 끝도 없이 깊이 있고 친근한 다정함을 가득 담고 있다. 이 아주머니를 본 학생은 아직까지 한 명도 없는 것으로 알고 있다.

10개의 커피포트에는 각각 5명분의 커피가 있었고 나머지 3잔은 아주머니와 마크를 위해서였다.

"교수님, 나머지 한 잔은 누구를 위해서입니까?"

"오늘 해 드릴 이야기에 모든 비밀이 있고 나머지 한 잔의 커피의 주인공도 아시게 될 것입니다. 모든 것을 이야기하겠습니다."

◆ ◆ ◆
캐릭터 소개

우쿠리   전장의 천재 37살 처녀. 더 늙기 전에 거대한 새 부족에게 찾아가 영원불멸의 삶을 까다로운 방법을 통해 전수받는다. 현재 변신의 천사라 불리며 스타게이저의 주변을 지켜봐 주고 있다.

우쿠리나   우쿠리가 변신과 불멸을 위해 거대한 새의 형태로 머물러야 하는 단계로 스타게이저와 고양이 치즈루를 은색 뱀으로부터 구해 주기도 하였다.

마야미   매력적인 전설의 몸매 마야미는 스타게이저의 바이러스를 삼키고 더 이상 우쿠리가 될 수 없게 되었다. 힘이 점점 사라져 가는 마야미는 거대한 새 우쿠리나의 상태에서 에너지를 충전한다.

잊힌 공간에서 사모하는 용

용들의 감시를 피해서 빠져나오고 있는 나는 블루핀이라고 불리는 파란색 용으로 배는 깊은 바다색이고 비늘은 더 깊은 바다색을 띠고 있다. 심지어 이빨은 완전 파랗다고도 하는 새파란 색인데 이 색은 꽤 특이한 색이라고들 한다. 난 웬만해서는 웃지도 않고 입을 벌리지도 않는다. 내가 이렇게 태어난 이유는 파란색에 집착하며 평생을 보내신 할머니의 영향으로 보인다고 전해 들었다. 나에겐 큰 비밀이 있다. 불이 입에서 나오지 않는다. 이 사실을 알고 있는 이는 돌아가신 할머니를 제외하고는 아무도 없다. 용들에게도 알려져 있지 않은 이 사실이 사람들에게는 알려지게 되었다. 어쩌다 보니 우연히 만난 사람들과 모험을 하게 되는 작은 사건 하나가 있었는데….

깊은 바다에서 휴식을 취하고 있던 어느 겨울, 사람의 형상을 한 물체가 내 앞을 헤엄쳐 가고 있었다. 이것은 평소에 보기 힘든 놀라운 광경이고 우연히도 지금이 두 번째로 목격하는 때이다. 오늘도 역시 뜨거운 마그마가 분출되고 있는 용암으로 기어 올라가는 그녀를 발견하였다. 용암에 가까워지고 있는데도 걸음의 속도가 변하지 않는다. 대단한 재주를 갖고 있다.

두 번째로 목격하는 지금도 역시 놀라움이다. 오랜 세월을 살아온 나를 놀라게 할 만한 일은 가끔 찾아오는 것이기에 그녀의 움직임 하나하나에 집중력을 총동원해 지켜보게 된다. 굉장한 열정으로 용암을 향해 맹렬하게 올라가는 그 모습은 몇십만 대군을 이끄는 전장의 장군이라고 해도 될 만큼 웅장하고 용맹하다. 용암의 분출구에서 멈춘 그녀는 한 손을 뻗었고 오른팔 하나가 떨어져 날아가 버렸지만 아랑곳하지 않는다. 또 다른 팔을 내밀었다. 그리고 또 다른 팔 하나도 날아가 버린다. 용암의 분출구에 손을 뻗는다는 것은 갓 태어나는 정보들을 모은다는 것일 것이다. 그토록 간절하게 찾는 것이 있다는 것이다.

그녀의 얼굴에 변화가 감지된다. 뭔가 찾았는지 아니면 포기했는지 모든 걸 초월했다는 듯한 표정을 짓더니 바닷물에 몸을 맡긴다. 그러자 그대로 수면을 향해 붕 떠오르기 시작하였고 그 과정에서 빠른 상승을 위해 인어의 형상으로 바뀌었다가 다시 사람의 형상이 되었다가를 반복한다. 그리고 정신이 조금 들었는지 사람의 형상에서 살짝 꿈틀거리다가는 수면을 향해 빠른 속도로 헤엄치기 시작한다.

　예전에 그녀를 목격했을 때는 팔 하나만 날아가고 가뿐히 수면 위로 되돌아갔기에 그렇게 걱정하지는 않았었다. 하지만 이번은 다르다. 두 팔을 잃고 기절하기 직전에 변신하는 형상이 흔들렸고 겨우 정신을 차리게 되어 살기 위한 필사적인 움직임으로 수면 위로 처절하게 가고 있는 것 같아 보였기 때문이다. 그 때문에 웬만해서는 움직이지 않는 내가 그녀를 걱정하게 되었고 이 신비하고 이해하기 힘든 장면을 좀 더 보고 싶은 마음도 밀려와서 나는 긴 휴식을 마감하고 수면을 향해 상승을 시작한다.

　그녀가 수면 위로 튀어 오르던 때에 나의 머리도 같이 수면 위로 나왔는데 또다시 깜짝 놀랄 광경을 눈앞에서 목격하게 되었다. 그녀는 나와 비슷한 거대한 크기가 되어 있었다. 눈이 부시도록 하얀색을 띤 새가 되어 있었다. 그리고 곧 사라져 버렸다. 거대한 그 새는 우리 종족의 방해가 되어 왔던 커다란 새들로 오랫동안 쌓인 앙금이 남아 있는 친해지기 힘든 하늘을 지배하는 종족이다. 하지만 그녀를 주시하게 된다. 그리고 관심이 있다. 새의 형상의 그녀에게 나는 반한 것인가. 이날부터 나의 짝사랑은 시작되었다.

　시간이 흐르고, 그녀와 친해지게 된 계기는 느닷없이 건조한 여름날에 찾아왔다. 아무도 보지 않을 거라 생각하고 있던 나는 목말라 보이는 동물들을 향해 물을 보내 주었다. 그러자 웃음소리가 들려와 버렸다.

　"우하하하하! 물을, 물을, 물을 쏘아 대는 용이 세상에 어디 있어. 으흐흐흐흐하하하하!"

　그녀의 목소리를 처음 듣게 되었고 유쾌하게 웃는 그 상쾌한 목소리가 용들에게 따돌림을 당하던 나의 일상을 환하게 밝혀 주었다. 그 밝은 웃음소리에 얼음처럼 얼어 있던 나의 마음도 녹아내리기 시작하였고 나는 태어나서 처음으로 웃었다. 조금 웃어보았다. 한번 웃어 보니 웃는 것도 나쁘지 않았다. 그래서 좀 더 크게 웃어 보았고 근처에서 목말라하던 동물들에게도 밝은 분위기가 전해진 건지 동물들은 화기애애한 분위기 속에서 뛰어다니고 이 감각은 숲속 구석구석까지 퍼져 나가는 것처럼 느껴졌고 '이 세상, 내가 존재해도 나쁘지는 않겠다.'라는 생각이 몇천 년 만에 처음으로 들게 되었다.

　"파란색의 비늘이 이렇게 짙게 물든 용은 처음 보는데...."

　"저는 그쪽이 오늘 세 번째입니다."

　내가 그녀를 만났었다는 것에 대한 반응은 없었고 나에 대한 질문이 던져졌다.

"이상하네요. 색깔도 특이하지만 성격도 좀 남다른 것 같은데.... 파란색 용 씨는 어떤 분이신가요?"

"짐작은 하셨겠지만 저는 블루핀으로 불리고 있습니다."

"음.... 사실 전설로는 들어 본 적이 있었습니다. 저희에게는 '이지매 용 아직도 살아 있을까?'라는 구전 동화로 동네 아이도 비웃고 간다는 그 용은 숨어 지내는 게 취미이고 공격성이 없다고 전해져 내려오고 있습니다."

"아, 그랬군요. 역시 예상은 조금 하고 있었지만 직접 듣고 나니 현실 환기가 됩니다. 나는 어렸을 적부터 오해를 받는 것이 하루 일과였고 안 그래도 색깔이 다르다고 따돌림을 당하던 내가 오해까지 받다 보니 어느 날부터인가 말문이 막혀 버렸습니다. 말이 나오게 되지 않자 오해의 정도도 심해지게 되었고 어떤 일을 해도 실패하고 누구를 만나도 진정한 나를 알아주지 못했고 세상에는 내가 할 수 있는 것이 없는 것처럼도 보였습니다. 그래서 무한 휴식에 들어가는 길을 선택하였고 가장 깊은 바닷속에서 눈을 감은 채 끝도 없는 잠을 자고 있었습니다."

"잠에서 깨어나게 된 계기가 있었나요?"

"네, 있었습니다. 깊은 바다에 존재할 수 없는 향기로운 냄새가 나의 코를 간지럽혔고 그 냄새가 내 앞을 지나갈 때는 '이제 일어나라!'라는 신호를 보내는 듯 나의 코를 상그럽게 비비고 지나가 주었습니다."

"상그럽다? 무슨 말인가요?"

"상큼하고 그야말로 향기롭다는 말로는 표현이 부족해서 나도 모르게 상그럽다는 말이 나와 버렸네요."

"깊은 바다를 지나가는 향기로운 존재라.... 궁금해지네요."

그 향기로운 존재가 누구였다는 것은 말하지 않았다....

"현존하는 용들은 얼마나 남아 있나요? 물론 군사력을 측정하려는 목적은 아니고 정말 궁금해서입니다."

"현재 존재하는 용은 저를 포함해 22입니다."

"거대한 새들은 저를 포함해서 72입니다. 저희가 수적으로 많네요. 앗! 내가 새라고 말해 버렸네요."

"알고 있었습니다. 지켜보고 있었습니다. 깊은 바다에서부터...."

당황하는 우쿠리는 화제를 돌리려 한다.

"사람의 게임에서 나오는 레벨로 측정해 본다면 블루핀 님의 레벨은 22 중에서 어느 정도나 되나요? 이것도 정말 궁금해서입니다. 무례한 질문이지만 알아야 할 이유가 있습니다."

"저의 레벨은 제로라고 생각하시면 될 것 같습니다. 전투를 해 본 적도 없고 훈련을 받아 본 적도 없습니다. 물론 불이라는 것을 쏘아 본 적도 없고 가끔가다 목말라하는 동물들에게 물을 공급하는 것이 저의 소소한 취미입니다."

"혹시 의외로 대박 레벨의 힘을 발휘할지도 모르니 오늘 저와 테스트를 해 보면 어떨까요? 마침 오늘 저는 한가한데...."

"저도 마침 한가합니다. 항상 한가한 거 같기도 하지만 마침 오늘 한가해서 다행입니다."

"잘됐네요! 그럼 있는 힘껏 물을 발사해 보세요. 저 바다를 향해서!"

"물을 발사하지 않고 모아서 움직여도 될까요?"

"네? 무슨 말씀이신지.... 가능한 건가요?"

"저는 물을 입에서 발사하지 않습니다. 특이한 경우라서 전래동화에는 오전이 되었을지도 모르겠지만.... 직접 보여 드리겠습니다."

블루핀이 주위의 공기를 흡입하기 시작하자 작은 바람 소리와 함께 주변의 바람들이 땅으로부터 움직이기 시작하고 그 기운이 바닷가에 전해져 바닷물이 흔들거리기 시작한다. 백 미터 반경의 바닷물 표면이 통통 튀기 시작하더니 그 튕기는 물들은 중앙에 밀집해 모이며 새파란 구름을 형성하였고 움직일 방향을 찾고 있다. 블루핀이 호흡을 멈추자 우쿠리의 주변으로 구름들이 이동하였다. 그리고 아주 작은 물방울 하나가 우쿠리의 주변에 떨어졌다.

"앗, 이게 뭐예요!"

"죄송합니다.... 가끔가다 하는 거라 힘 조절에 실패하였습니다. 다시 해 보겠습니다."

"괜찮습니다. 블루핀 님의 레벨은 파악했습니다. 경험치 제로! 레벨 거의 제로! 하지만 이 신비로운 능력은 뭐죠? 어떻게 된 거죠? 물을 움직인다는 용의 능력은 들어 본 적이 없습니다."

"사실은 저희 돌아가신 할머님에게서 배운 것으로 불을 쏘지 못하는 저에게 주신 마지막 선물이었습니다."

"할머님은 어떤 분이셨나요?"

"다른 용들과 어울리지 못하시고 혼자 지내시던 분으로 많은 기억은 없지만 평생을 외롭게 지내시던 분으로 기억합니다."

"아무래도 많은 지식과 능력을 갖고 계시던 분이셨다고 생각합니다."

"커다란 새들에게는 다양한 능력이 있다고 들었습니다."

"저는 미래를 예측하는 힘이 있습니다. 하지만 미래는 누군가의 의지로 항상 바뀌고 많은 경우의 수가 있기 때문에 예측이 빗나가는 경우가 많습니다."

"실례가 안 되면 예측 하나 들려주셨으면 합니다."

느닷없이 나의 눈을 똑바로 쳐다보는 그녀이다. 중요한 이야기를 하려는 것인가.

"오늘 이곳에 비행기 한 대가 추락할 것이라고 예측합니다. 그 비행기 안에는 제가 알고 지내던 사람들도 탑승하고 있지만 저에게는 그것을 막을 힘이 부족합니다."

이때 블루핀에게 우쿠리의 예시가 생생하게 보였다. 사람들이 탑승한 비행기가 무차별하게 추락하는 끔찍한 장면이었다. 입을 다물지 못하는 블루핀은 식은땀을 흘리고 있다.

"비행기가 추락한다는 것은 사람이 함께 추락한다는 것일 것이고 이곳은 사람이 들어올 수 없는 공간일 텐데.... 이곳 잊힌 공간에 사람이 들어왔던 적은 전례에 없는 일인데...."

"하늘에서 사망한 원령들의 비명이 그들을 이 섬으로 인도할 것입니다. 오늘이 스타게이저의 1주년 장례식입니다. 자신을 희생해서 많은 사람을 구한 명탐정 스타게이저의 장례식에서 심장이 터지도록 울었던 그 심장들의 비명이 허공을 떠돌다 어찌 된 일인지 오늘 비행기에 구름을 몰고 올 것입니다. 혹시 그들이 정말 이곳에 불시착하게 된다면 최선을 다해서 구해 주는 것이 저의 계획입니다."

"그 심장의 비명에는 당신의 비명도 있었겠군요. 그래서 지금 이곳 잊힌 공간에서 목소리만 허공을 떠돌고 있는 것이군요. 앗, 죄송합니다! 제가 너무 말이 많았습니다."

"그 말씀대로입니다. 저의 심장은 터져 버렸고 더 이상 저의 형태도 존재하지 않습니다. 제가 선택한 것입니다. 이곳 잊힌 공간에서만 가끔가다 이렇게 우연히 만나게 되는 분들과 대화를 시도하고 있습니다.”

"혹시 제가 도와주기를 바라시나요? 그래서 말을 걸어 주신 건가요? 저는 사람들을 만나 본 적도 없고 그래서 어떻게 해야 할지도 모르고 더군다나 그들은 저를 보고 전설의 뱀 정도로 생각할 것입니다. 어디부터 설명해야 하고 어디부터 도와주어야 할지 막막한 일입니다. 그들이 저의 능력을 모르는데 대화를 자연스럽게 이어 가기도 그렇고....”

"능력이라고 말씀하셨는데.... 혹시 저에게 보여 준 물을 옮기는 것 말고도 다른 능력이 있으신 건 아닌가요?”

"아, 그건.... 저희 외할머님으로부터 비밀리에 전수받은 것인데요. 저는....”

"네, 말씀하세요.”

"저는.... 손재주가 있습니다.”

"음.... 아, 이건 뭐라고 해야 하나. 음, 그러니까 손재주가 있다는 건....”

"그렇습니다. 사람들이 물건을 만들듯이 저도 무언가 만드는 것이 가능합니다.”

"알 것 같기도 하지만 무슨 얘기를 하고 싶은 건지 감이 잘 잡히지 않고 있는데요.”

　“사람들이 더 빨리 걷기 위해 자전거를 만들었고 나중에는 자동차도 만들었지 않습니까.”

　“그, 그렇죠.”

　“그것과 마찬가지로 손재주가 있는 저는 조금 더 쉽고 조금 더 안전한 비행을 하기 위해서 로켓 엔진을 만들었습니다. 등에 부착할 수 있는 거대한 로켓 엔진으로 저의 비늘이 상하지 않도록 가벼운 헬륨(He)의 성질을 이용하였고 이 머신의 장점은 저장해야 할 연료가 필요하지 않기 때문에 아주 가볍고 성능도 좋습니다. 획기적인 점은 중추 신경계의 주요 부위에 있는 척추들 사이에 놓여 있는 척수에 반응을 보내고 정보를 받는 시스템이라는 것입니다. 그래서 나의 움직임을 정확히 읽어 내어서 원하는 방향으로 보내 줍니다. 헬륨에서 나오는 에너지의 반응과 접촉하지 않기 위한 적당한 거리도 계산하여 만든 최신작입니다!”

　몇천 년을 살아온 우쿠리도 듣지도 보지도 못한 지식이 나약하기로 유명하다는 블루핀의 입에서 나오게 되다니. 우쿠리는 잠시 말문을 잃었다.

표류 두 시간 전

    나는 잡지 코너에 글을 연재하고 있는 무명작가 마크이다. 바람처럼 움직인다는 인간 병기 마크라는 별명으로 불렸던 적이 있었지만 무릎 인대에 충격을 받은 후 큰 수술을 하게 되었고 인공관절이 심겨 있는 지금은 지팡이를 짚고 다니는 생활을 하고 있다. 무릎에 충격을 주었던 그 사건은 한때 세상을 뒤집었던 명탐정 스타게이저의 장례식이다. 그 장례식 이후로 탐정 사무소도 문을 닫게 되고 너무나 좋아했던 심리학자 엘사도 더 이상 볼 수가 없게 되었다. 스타게이저의 죽음이라고는 아직 말하지 않았다. 장례식과 죽음은 연결된 단어들이지만 스타게이저의 죽음을 믿지 못하는 우리는 그 단어의 사용을 꺼린다. 나의 동료들 스파이 슈와 첫 번째 의뢰인 규리, 심리학자 엘사를 만나고 싶다. 장례식이 끝나고 일주년을 맞이하는 시기라서 나는 자연스럽게 추모식에 참석하기 위해 비행기에 탑승하게 되었다. 탐정님을 추모하는 마음도 있고 혹시나 다른 동료들도 만날 수 있지 않을까 하는 희망도 함께 있었다.

정해진 생활 습관 속에서 있던 내가 비행기에 탑승하기까지 강인한 결단력도 필요하였다. 나의 천생연분일지도 모르는 대단한 여자를 뒤로하고 비행기 시간에 맞춰 가야 했기 때문이다. 나는 탐정님처럼 평화적인 사람도 아니고 스파이 슈처럼 카리스마가 있는 사람도 아니다. 그냥 단순하게 시간과 같이 흘러가는 싸움의 천재 인간 병기 마크일 뿐이다. 내가 글을 쓰기 시작했다고 예전의 기술이 사라졌다고 생각하는 사람들도 있는데 새로운 무릎과 심장을 받게 된 나는 그 어느 때보다 강력하다. 지팡이를 들고 다니는 이유는 더 강력해지기 위한 페이크일 뿐이다.

항공기의 일등석은 나의 관심사와 거리가 멀다. 새로운 사람과 가까이 앉을 수 있는 일반석에서 값진 경험을 하게 되는 경우가 많이 있었다. 다행히 오늘 나의 옆 좌석에는 성격이 좋아 보이고 쌍꺼풀이 있는 여성이 앉아 있어서 나름 재밌는 여행을 기대하고 있다. 그녀는 승무원이 나눠 준 작은 과자 봉지를 개봉하려고 몇 번을 시도하고 있는 듯하다. 내가 받은 과자 봉지와 같은 것이었기에 나는 봉지 끝의 파인 부분을 잡고 이렇게 당기면 된다고 개봉하기 쉬운 방법을 보여 주었다. 그러자 그녀의 반응은 이랬다.

"그게 아니고 봉지 중간에 있는 제조 일자를 확인하려던 중이었어요."

애써 설명해 주는 그녀의 목소리는 땅에서 발진하는 비행기 엔진 소리에 묻혀서 제대로 들리지 않았기 때문에 나는 좀 더 자세히 설명해 주었다.

"이렇게 하면 되죠. 거기는 잡아당기기 힘들어요."

그러자 그녀는 과자 봉지의 제조 일자를 내 눈 가까이에 보여 주었고 나는 그제야 그녀가 무엇을 하고 있었는지 깨닫게 되었다. 조심성이 많은 분이시다.

"그런 것도 확인하는 사람이 있네요. 혹시 먹고 배탈 난 적이 있으신가요?"

"꼭 그런 건 아니지만 먹고 나서 후회하는 일은 하고 싶지 않아서요. 유통 기한이 지나간 음식이 우연히도 다른 제품들과 섞였을 수도 있고 부주의한 사람이 관리를 했을 경우도 있고 유통 기한이 지나도 당연한 듯이 판매하는 곳도...."

이렇게 꼼꼼히 확인하는 그녀는 분명히 조금은 다른 시선으로 세상을 보고 있는 것이다. 꼼꼼한 성격의 그녀가 궁금해졌다.

"제대로 확인하면 실수 없이 일들을 진행하게 되죠."

나의 이 말에 그녀는 기다렸다는 듯 자신의 이야기를 펼쳐 놓는다.

"실수 없이 일들을 진행한다면 얼마나 좋을까요. 비행기 시간이라든지 좌석이라든지 일일이 몇 번을 되풀이해서 확인하지 않으면 늦게 도착하게 된다거나 다른 좌석에 앉아 버리게 된다든가 해 버리는 것이 빈번해서 행동하기 전에 확인하는 방법으로 위기를 모면하고 있습니다. 몇 년을 그렇게 재확인하는 방법으로 생활해 왔더니 이제는 생활 습관처럼 삶의 일부분이 되어 두 번 세 번 확인하는 것을 자연스럽게 하고 있습니다. 사실 이 비행기의 안전 상태를 조사하기 위해 어제는 밤을 새워 가며 이 기종의 항해 거리와 엔진을 검사한 기록들을 확인하고 심지어는 정비사들의 리스트까지 확보해서 그들의 쉬는 시간의 습관이나 가족 관계까지도 전부 조사가 끝난 상태입니다."

"우와, 그렇게까지 하시는 게 가능하다니.... 이 비행기 정말 안전할 거 같네요. 혹시 저에 대해서도 전부 알고 계신다든가 그런 건 아니겠죠...."

농담으로 던진 말이었는데 침묵으로 잠시 있던 그녀는 나의 전화기 바탕 화면의 사진을 가리키며 분위기 전환을 시도한다.

"전화기의 여성분은 누구시죠? 전화기 배경 화면으로 사용할 정도의 사진이라면 여자 친구라든가 부인일 것 같은데 그 정도로 미인이시라면 유명 연예인일 거 같기도 하네요.”

“전화기의 이분은 저의 여자 친구는 아닙니다. 하지만 제가 원하는 걸 다 해 주는 여인입니다.”

“네? 원하는 거 전부라는 건….”

“원하는 자세라든가.”

“네? 원하는 자세까지 전부?”

“그렇습니다. 가끔가다 보게 되지만 제가 원하는 자세라면 기꺼이 천진난만한 웃음으로 해 주는, 잡지 코너에 사용할 사진의 포즈를 해 주시는 분으로 제가 원하는 장소나 원하는 세팅까지 웬만해서는 마다하지 않고 항상 ‘오케이!’라고 응해 주는 편이지요.”

“아…. 그분은 모델이시군요. 그럼 아저씨는 잡지 코너에 글을 연재하시는 분이거나 사진을 찍는 작가로군요.”

“글을 쓰기도 하지만 그걸로는 원하는 모든 것을 할 수 없기 때문에….”

“네? 원하는 모든 것이라면 어떤 걸 말씀하시는지….”

“이렇게 저의 말에 집중해 주시는 비행기 옆 좌석의 아가씨와 이야기하는 시간도 원하는 모든 것 중 하나입니다.”

“아저씨, 혹시 저하고….”

이때 승무원이 음료수 컵을 수거할 봉지를 들고서 다가오셨다. 승무원의 눈에 햇볕이 비치고 있는 것을 발견한 나는 ‘기회다!’라고 생각하고 창문을 내리려 하였는데 창문 밖으로 이상한 현상을 목격하게 되었다. 몰려오는 구름이다. 어두운 구름들이 우리 쪽을 향해서 몰려오고 있었다. '아마도 비가 많이 내리겠구나.' 생각하고 나중에 다시 확인하기로 하고 우선 창문을 내렸다.

창문을 닫아 준 나에게 승무원이 고맙다며 말을 걸어 주셨는데 목적지에 도착하면 맛있는 식당을 추천해 주시겠다고까지 하셨다. 승무원의 이름까지 확보한 나는 '앗싸!' 하며 들떠 있었는데 승무원이 자리를 뜨자 옆자리의 여성이 바로 대화를 이어 나간다.

"아저씨, 제 이름은 왜 아직 안 물어보세요?"

그렇다. 승무원의 이름만 물어보고 옆자리 여성의 이름은 물어보지 않았다.

"이름은.... 그냥 물어보는 것보다 맞히면 더 재밌겠죠. 긴 비행 시간의 즐거움을 위해 이름 맞히기를 생각하고 있었습니다."

"알겠습니다. 그럼 제 이름.... 뭐일 거 같나요?"

"이름을 맞힐 경우 상품이나 선물 같은 게 있으면 게임의 재미가 더 가미될 거 같은데...."

"설마 제 이름을 맞힐 수는 없을 거예요. 거의 불가능한 일이니까요. 혹시 맞힌다면 원하는 것 해 줄게요."

"혹시 원하는 모든 것입니까?"

"네! 좋아요! 원하는 모든 것입니다!"

사실 나는 겉모습만 보고도 이름을 맞히는 재주가 있다. 사람에게는 외부에서 불러 주는 진동에 대한 반응이 신체에 기록이 되어서 표정이나 눈빛 아니면 습관에서부터도 그 사람의 이름이라는 이미지를 떠올리는 것이 가능하다. 그리고 나의 그 재주는 어렸을 적부터 끊임없이 연마해 와서 지금의 레벨에 도달하였기에 귀신처럼 이름을 알아맞히는 것이 가능하게 되었다.

"학생의 이름은.... 착실하게 이어 나가는 부분이 있고 특별하게 튀는 성격도 아니지만 찾으면 찾을수록 깊은 매력이 숨어 있을 거 같아서.... 흔할 거 같지만 흔하지 않은 이름.... 연경! 그리고 그 이름에 어울릴 만한 성은 김씨! 김연경! 하지만 어떤 이유에선지 최근 이름이 바뀌었네요. 굉장히 특이한 이름으로 그리스 신화에 나올 법한 이름이지만 사실은 미묘하게도 한국 이름입니다. 혜라."

"아니, 그 정도까지 맞히는 게 가능하다니. 혹시 저를 미행하신 거 아닌가요? 원래 이름은 우연히 맞힐 수 있다고 쳐도 최근 이름까지 맞히는 것은 이상합니다. 혹시 저의 가방이나 비행기 표를 훔쳐보셨다든가...."

"혜라. 이쁜 이름입니다. 맘에 들었습니다. 그러니 원하는 모든 것을 들어주신다는 약속은 없는 거로 하겠습니다."

"네? 그래도 그렇게 빨리 약속을 취소하다니.... 당연히 취소하려고 했지만 그래도 그쪽에서 먼저 그렇게 나오면...."

"약속 들어주실 건가요?"

"저기.... 어떤 걸 하기를 원하시나요?"

"많은 걸 바라지는 않습니다.... 제가 혹시 길을 잘못 가고 있다고 판단이 될 때 저의 손을 꼭 잡아 주시면 어떨까요?"

"네? 무슨 말씀이신지...."

이때 비행기가 폭탄이라도 맞은 듯 크게 흔들리게 된다. 그리고 그 정도의 타격이 한 번 더 가해지자 비행기의 머리 부분이 바닥으로 향하며 자유 낙하의 속도로 비행기는 추락하기 시작하였다. 비행기의 안전을 조사했다는 그녀, 혜라 씨는 내 손을 꼭 잡았고 그 작은 손은 벌벌 떨리고 있었다.

표류 하루 전

　새로운 장소에서 확인할 것이 있어서 잠시 주차를 하고 둘러보았을 뿐이었는데 몸살이 걸린 듯 추워져서 그 자리에서 다급히 출발하게 되었다. 운전하는 동안부터 몸에 힘이 빠지더니 호텔에 도착해서도 기운이 나질 않는다. 기분도 상쾌하지 않게 되었다.

　오후가 되자 일을 마무리하기 위해 그곳에 다시 가 보았는데 기분이 더 안 좋아졌지만 나머지 일을 신속히 마무리하고 다시 호텔로 돌아오게 되었다. 그곳에 다시 갔던 것이 실수였을까. 몸이 아픈 것도 아닌데 기운이 빠지고 머리가 황폐해져서 일이 손에 잡히지 않게 되어 버렸다. 나의 모든 기운과 모든 정신력까지 빨려 들어가는 이 기분은 나의 머리를 숙어지게 만들고 나를 일어설 수 없게 만들어 버릴 정도로 심각한 상태가 되었다. 그리고 옆에서 나를 쳐다보지 않고 다른 곳을 쳐다보고 있던 고양이의 시선에서 이 상황을 깨닫게 되었다. 고양이의 눈에 비친 것은 사람들이었다.

아마도 나는 아주 많은 귀신 같은 사람을 내 차 안에 가득 싣고 온 것이다. 처음에는 몇 명만 싣고 왔을 것이고 두 번째는 그곳에 더 오래 머물고 차 문을 더 오래 열어 놓았었기 때문에 더 많이 싣고 온 듯하다. 그 무리 중에는 자신이 선배인 척 집 안을 구경시켜 주는 듯한 움직임도 있었다. 이 귀신들을 내보내기 위해서는 어떻게 해야 할까. 내가 방을 옮긴다 해도 나를 따라올 확률이 다분하다. 수소문한 끝에 마침 주위에 귀신을 빼 준다는 마사지사가 있다고 해서 혹시나 하는 마음에 방문을 하였다.

"작은 근육들 하나하나까지도 이렇게 발달되어 있다니 무슨 일을 하시는 분이신가요?"

"그냥 몸을 많이 사용하는 직업에 종사하는 것뿐입니다."

"오른쪽 무릎이 아플 수도 있으니 놀라시지 않기를 바랍니다. 수술 부위의 약해진 틈을 이용해 그곳에 걸쳐서 모여든 것 같습니다."

특이한 기술의 마사지가 적용되었고 한 시간이 흘렀다.

"시간이 모자랐습니다. 한 시간 예약으로는 부족했지만 다음 방문에는 마무리를 지어 보겠습니다.”

 “내일은 제가 멀리에 있어야 합니다. 오늘 밤이라도 가능할까요.”

 “특별한 경우이니 그럼 저의 집으로 와 주세요.”

 공항으로 출발하기 4시간 전. 선물을 들고 그녀의 집에 방문하였다. 그곳에는 나무색의 책장과 나무색의 바닥이 있었다. 대체로 그것뿐이었다. 거의 비어 있는 공간이었다. 이런 스타일의 생활을 고집하는 사람들이 있다고 들은 적은 있었기에 큰 신경은 쓰지 않았고 치료는 나무 바닥에서 진행되었다. 치료의 과정이 상당히 복잡하고 길었는데 2시간 정도가 흐르자 몸이 가벼워지며 효과가 나타나기 시작하였다. 쓰러져 가던 마크에서 다시 인간 병기 마크로 돌아왔다! 그녀는 효과가 제대로 먹혔다고 하면서 마지막으로 마무리 작업이 하나 있으니 같이 와인을 마셔 달라고 하였다.

 잠시 고민하다가 나는 정중히 사양하였다. 두 시간 안에 비행기를 타야 했고 이 비행기는 놓쳐서는 안 되는 비행기이기 때문이다. 그녀는 성격도 나와 잘 맞고 이야기하는 시간도 재밌다. 그녀의 몸매도 꽤 맘에 들었다. 사실 괜찮은 여자를 만나기 쉬운 세상이 아니다. 다소곳하고 여성스럽고 고분고분한 여자가 나를 많이 좋아할 확률은 인생에 한두 번 정도밖에 오지 않을지도 모른다. 나를 좋아한다는 확신은 없지만 좋아하는 것이 아닐까 예상은 한다. 이렇게 보물 같은 그녀를 떠나는 것은 아쉬웠지만 나는 예약된 비행기 시간에 맞춰서 떠나 버리고 말았다.

표류 1시간 전

내 이름은 카나. 나는 고등학교를 졸업하고 가수를 목표로 여러 군데 오디션을 보았지만 결실을 보지 못하였다. 그래서 지원한 것이 항공사 승무원이었다. 채용된 항공사는 재밌는 곳이었다. 정해진 규칙 안에서 자유라는 것을 최대한 누릴 수 있었고 일하는 것이 즐겁지만 엄격할 때는 가차 없이 엄격한 그런 느낌의 직장이었다. 동료들도 마음이 잘 맞았기 때문에 역시 같이 일하는 사람들이 중요하다는 것을 깨닫게 해 주었다.

긴장 걸(Girl)로 불리는 내가 이번 비행에서 더 긴장하게 되는 이유는 이번 여행을 인도해 줄 비행기가 보통 비행기가 아니라는 것이다. 최근 항공기의 이용이 증가하는 시즌에 맞춰 애니콘

(Animation Conference)이 개최가 되었고 거기에 날씨도 도와주지 않았기 때문에 비행기의 연착이 많았다. 그래서 애니콘에 참가하지 못하는 승객들을 위해 특별히 급조된 오래된 작은 항공기가 바로 지금 내가 타고 있는 항공기이다. 이것이 가능했던 것은 애니콘 티켓을 들고 있던 어떤 항공 직원의 간절한 부탁, 애원 때문이었다.

나는 급조된 항공기의 소식을 듣고 집으로 달려가 만일을 위해 숨겨 놓았던 코스튬 하나를 조심스럽게 꺼내어 가방 안에 담았다. 입지 못할지도 모르지만 혹시나 하는 마음에 담아 본 것이다. 한 번도 입어 본 적이 없는, 과감한 의상까지는 아니겠지만, 나에게는 꽤 과감하다. 설마 내가 이 의상을 입게 될 일은 없을 것이다. 웬만한 천재지변이 벌어지지 않는 한 내가 그렇게 쉽게 과감한 의상을 입을 리는 없다. 그래도 그 의상을 가방에 담기 위해 집까지 달려갔던 나는 새로운 일이 펼쳐졌으면 하는 기대가 나도 모르게 꿈틀거리고 있는 것은 아닐까 생각해 본다.

승객 중에 애니콘 참가자가 아닌데도 탑승한 사람이 두 명 있었다. 어찌 된 일인지 나중에 알게 되었는데 그들의 얼굴이 애니처럼 생겨서 특별히 허락했다는 이야기가 있었기에 나는 그들의 얼굴을 확인하기 위해서 과자 봉지를 회수하는 척하며 다가가 보았다. 마크라는 남성분은 아무 생각이 없어 보이지만 그 아무 생각이 없어 보인다는 것의 반전은 강인한 표범 같은 매력을 포함하고 있다는 것이다. 만약 비열하고 악한 사람들이 이 사람 앞에 있다가는 뼈도 못 추릴 것 같은 비범한 분위기의 사람이었다. 옆에 계시는 혜라라는 분은 코스튬을 입지 않아도 그 자체가 만화가 될 만큼 부러운 외모를 하고 있었다. 이분이 코스튬을 입는다면 애니콘에서 최우수상을 받을지도 모른다!

　나는 가난한 삶을 살고 있다. 이유는 간단하다. 월급에 맞지 않게 호화 아파트에서 살고 있기 때문이다. 백화점에서 비싸게 구입했던 재킷에 기름이 묻었기 때문에 드라이클리닝을 해야 한다. 드라이클리닝 비용을 내기 위해서 급조된 이 비행기에 지원하였다. 분수에 맞지 않는 삶을 살고 있다고 해서 내가 돈 많은 남자를 찾고 있는 것은 아니다. 강인한 표범 같은 남자가 나와 있어 준다면 가난한 삶도 견딜 수 있다. 괜찮은 남자를 만나기 쉬운 세상이 아니기 때문이다.

　그렇게 꿈을 꾸고 있던 가난한 나는 이제 곧 떨어진다. 바다로 추락하고 있다. 드라이클리닝을 하려고 탑승하게 된 비행기에서 생을 마감하겠지만 다시 살아날 기회가 주어진다면 검소하게 욕심 없이 살아가고 싶다.

표류 5분 전

나는 혜라. 최근에 이름을 바꾸었다.

우연히 탑승하게 된 이 비행기는 아무래도 애니콘에 참가하는 사람들로 북적이는 것 같다. 유일하게 애니콘과 관련 없는 분은 아마도 내 바로 옆에 앉아 있는 마크라는 사람이다. 나는 얼굴과 분위기만 보아도 애니 관련 분인지 아닌지 구분하는 능력이 있다. 왜냐면 나는 어렸을 적부터 코스튬을 직접 제작하시는 어머님의 의상 모델로 본의 아니게 경력을 쌓아 왔기 때문이다. 오래된 물건도 같이 판매하고 있는 어머니의 앤티크 숍의 구석에는 다리 페달(Pedal)로 작동되는 70년이 넘은 낡은 재봉틀이 있다. 이 재봉틀은 파는 물건이 아니다. 어머니의 모든 작품은 이 낡은 재봉틀을 거쳐서 탄생이 된다. 물론 효율성도 떨어지고 손이 찔릴 위험도 있지만 다리 페달 한 번 한 번에 손님들의 체형을 떠올려서 정성스럽게 완성품을 만든다는 것이 어머니의 고집이시다.

나의 꼼꼼한 성격은 어머니로부터이다. 아버지는 덤벙거리시는 분으로 닌텐도 게임 젤다의 전설 시간의 오카리나(The Legend of Zelda: Ocarina of Time)에 푹 빠져 있던 어느 날…. 주인공 링크에게 영원한 사랑을 맹세한 조라족의 공주의 의상을 입고 있던 여인을 보게 되었다. 그리고 유명한 맥줏집으로 데려가 젤다의 이야기로 밤을 새우다가 차가 끊겨서 내가 태어나게 되었다고 들었다. 영원한 오타쿠로 남고 싶은 아버지를 위해 어머니는 일 년에 한 번 정도 조라족의 의상을 입는다. 물론 나의 덤벙거리는 성격도 아버지로부터이다.

부모님의 영향으로 게임 산업에 종사하기 위해서 준비 중에 있고 어떤 의상이라도 잘 소화해 내기 위해서 깨끗한 피부를 유지하는 데 주력한다. 나의 피부는 뽀얗고 점 하나 없다. 가슴이 빈약했지만 여성 호르몬이 응축되어 있는 두부를 권유해 주신 어머님에게 감사한다. 딱 좋은 사이즈가 되었다. 하지만 나는 애니콘에 참가한 적이 한 번도 없다. 그 이유는 낯을 가리기 때문이다. 많은 사람이 있는 곳은 피하는 편이다. 지금 이 비행기 안에 있는 인원 정도라면 편안히 코스튬을 입고 다닐 수 있을 것 같다.

사실, 내가 왜 이 비행기에 타야 했는지는 나도 모른다. 무언가 큰 힘에 이끌려서 평소에 하지 않던 행동을 하게 되는 나를 발견하곤 하는데.... 사춘기가 늦게 온 것일까.... 이런 고민도 행복한 고민들이었다. 생애 첫 추락하는 비행기라는 것을 경험하고 있고 그 비행기 안에는 내가 있다. 빠른 속도로 하락 중이다.

비는 폭포처럼 내리고

비행기가 날아가는 도중 폭우를 만나게 된다. 폭우라고 하기보다 대량의 물이 부어졌다고 해도 과언이 아닐 정도로 괴기한 현상이 동반된 이번의 추락은 그 강력한 자연 현상만큼 가차 없이 자비 없이 폭포에 휩쓸려 가듯 바다로 곤두박질치고 있었다. 이비의 근원은 명탐정 스타게이저의 장례식에서 통곡을 하던 거대한 새 우쿠리의 비명이 허공을 떠돌던 소리였고 그 비명은 천 년을 기다린 그녀의 심장이 터져 버리는 소리였다. 허공을 떠돌던 그 소리가 하늘에서 같이 울어 주는 구름들을 만나게 되면서 이런 현상을 이끌어 내었다.

우쿠리는 더 이상 예전처럼 존재하지 않는다. 잊힌 공간이라는 곳에서도 그녀는 제대로 된 형태로 존재하지 않고 허공을 떠돌다 가끔가다 만나는 존재들과 대화를 시도하기도 한다. 그녀를 사모하던 블루핀과의 대화는 절체절명의 위기를 맞은 비행기 승객들을 위한 것이었다. 하지만 블루핀을 제대로 알지 못했던 우쿠리는 그저 우연히 그곳에 있던 블루핀과 대화를 시도해 본 것뿐이었다. 나약하기로 유명했던 블루핀은 할머님으로부터 전수받은 기술과 외할머님으로부터 체득하게 된 비장의 능력이 있었다. 블루핀은 자신이 갖고 있는 능력으로 최선을 다하였다. 지나가던 우쿠리의 목소리가 그곳에 있었고 지나쳤던 우쿠리의 향기가 블루핀에게는 불멸의 힘으로 남아 있다.

강렬한 비바람과 추위에도 불구하고 비행기는 바닷가에 안전하게 무사히 착륙하였다.

표류 1일

　전 승객 42명이 무사할 거라고 생각하고 있었는데 나의 옆자리에서 떨고 있던 꼼꼼한 혜라 씨는 어디에서도 찾을 수가 없었다. 충격으로 어딘가로 팅겨 나가기에는 너무나 안전한 착륙이었다. 구명보트 구조도 승무원의 숙련된 지시 아래 질서 있게 이루어졌기에 바다에 빠졌을 확률도 없을 것이다. 만약 그랬다면 모두가 달려들어 구출해 주었을 것이다. 내가 놓치고 있는 퍼즐이 있는 것일까. 비행기가 속도를 늦출 때까지는 같이 손을 잡고 있었다. 하지만 거동이 불편하신 분들의 짐을 내려 주는 사이에 그녀는 내 옆에 없었다. 그렇다면 두 가지의 가능성이 있다. 하나는 기내 화장실에서 충격에 의해 문이 고장 나서 열리지 않게 되었다든가 아니면 다른 하나의 가능성은 육지에 일찍 도착해 근처를 구경하고 있을 것이다. 첫 번째 경우라면 다행이다. 어떻게든 살려 낼 수 있을 것이다. 두 번째 경우는 가능성이 희박하다. 꼼꼼한 성격의 그녀가 확인도 안 된 곳으로 쉽게 가지는 않을 것이다. 그렇다면 비행기로 들어가 그녀의 생사를 확인하는 것이 내가 해야 할 일이다.

비행기 안으로 들어가기 바로 직전이었다. 나의 오른손을 슬쩍 잡는 가느다란 손이 있었다. 이 손은 작은 과자 봉지를 잡고 있던 그 손이다.

"아저씨, 저 혜라예요. 저 찾고 있었어요?"

통통 튀는 매력적인 그녀의 목소리가 들려오자 나는 냉정을 되찾고 안도의 숨을 내쉬었다.

"후…. 아저씨 말고 오빠라고 불러도 되는데…."

앗! 뭔가 이상하다. 나의 손을 잡았다고 생각했는데 내 손은 허공에 있었다.

"저 혜라예요."

그녀의 목소리만이 들리고 있었다.

"놀라실 거예요. 그래도 저 여기 있구요. 아는 사람은 아저씨뿐이라 계속 옆에 있을 거예요."

어떻게 된 일일까. 이 짧은 시간에 그녀에게는 무슨 일이 일어난 것일까. 모습이 보이지 않고 말소리만 들린다면 그녀는 나에게 붙어 있는 귀신 같은 존재가 아니겠는가. 아무리 귀신이라고 해도 그녀는 사람의 생각을 갖고 있는 사람이다. 우선 이야기를 들어 보는 것이 좋을 것 같다.

"혜라 씨, 다시 만나게 되어서 아주 기쁘지만 걱정이 더 앞서고 있습니다. 무슨 일이 당신에게 일어난 것인지 가르쳐 주시겠습니까?"

그녀는 나의 손을 꼭 잡고는 해변의 큰 바위 아래로 나를 인도하였다.

"잘 들어 주세요. 기억의 퍼즐이 때로는 잘못된 길로 인도하기도 합니다. 놀라실 겁니다. 바다 위 동체 착륙에 성공한 비행기는 42명의 승객이 내리는 도중에 천천히 가라앉아 버렸습니다. 그중에서 생존자는 1명뿐이었습니다. 비행기의 내부 구조를 사전에 꼼꼼히 확인했던 저만이 육지에 뛰어내려 목숨을 건질 수가 있었습니다. 바다의 차가운 온도를 사전에 계산에 두고 있었기에 다른 탈출구를 통해서 육지로 바로 점프할 방법을 찾았고 목숨을 건 위험한 점프였지만 비행기 표면의 마찰력과 각도를 이용해 청바지가 살짝 타면서 피부가 데는 정도로 무사할 수 있었습니다. 반면에 바다를 통해 구명보트로 탈출을 시도하던 사람들은 가라앉는 비행기의 속도가 빨라지자 차가운 바다에 뛰어내려 바로 심장이 멎든지 10초 후에 몸이 얼어 버리든지 하였습니다. 아저씨는 저를 찾다가 뛰어내리지도 못하고 바다 깊은 곳으로 지금 가라앉고 있는 도중입니다."

내가 죽고 있다는 말을 들었지만 그녀가 무사하다는 안도감에 나는 조금의 동요도 없이 고개를 끄덕이고 있다. 큰 바위에 기대어 그녀와 이야기하는 시간은 평화를 얻은 것처럼 즐거웠고 따뜻했다. 대화를 더 하고 싶었다.

"혜라 씨는 저만 보이는 것인가요? 아니면 모든 사망자가 보이는 건가요."

"죽은 사람의 영혼은 저에게 보이지 않는 것 같습니다. 아직 살아 있는 사람의 영혼만이 보이는 것이라고 생각합니다. 사실 이 바다의 지형도 사전에 조사를 한 상태에 있습니다. 구조대가 오기까지 30분 정도 더 걸릴 것이고 구조대가 온다 해도 비행기를 바로 끄집어낼 방법은 아마도 없을 것입니다. 하지만 유일한 희망이 하나 있습니다. 아저씨를 살릴 유일한 방법은 비행기의 머리 부분을 육지로 끌어 올려 얼어 있는 아저씨에게 인공호흡을 시도하는 것입니다."

내가 아직 살아 있고 혜라 씨는 나를 구해 주고 싶어 한다. 하지만 비행기를 끌어 올릴 방법은 없는 것은 아닌가 하는 생각이 든다.

"비행기를 끌어 올릴 방법은 많이 있습니다. 자연의 힘을 이용하는 것입니다. 흰수염고래와 대화를 시도해 도움을 받는 것과 거대한 바위를 절벽에서 떨어뜨려서 비행기의 동체를 뒤집는 것입니다. 하지만 아저씨의 위치를 정확히 제가 알지 못합니다. 지금 바로 바다로 뛰어들어 몸 안으로 돌아가셔야 제가 정확한 위치를 파악할 수가 있을 겁니다."

대단한 아가씨이다. 그렇게나 많은 정보와 계산을 이렇게 짧은 시간 안에 해내다니. 그녀를 믿고 나는 바다에 뛰어들어서 몸속으로 돌아가야 한다는 이야기이다. 그녀에게 고맙다는 이야기를 전해 주고 꼭 다시 만나자고 약속하고는 나는 바다를 향해 질주하기 시작하였다.

이때 달려가는 나를 바닥에 밀쳐 버리는 사람이 있었다.

"아저씨! 어디 가세요! 차가운 바다로 뛰어들면 안 돼요! 다들 찾고 있었단 말이에요. 전원 무사하니 바다에 갈 필요 없어요! 그보다 절벽 위에 있는 위험한 바위를 치워야 하니 아저씨도 도와주셔야 해요."

나는 물귀신에 홀려서 겨우겨우 부지한 목숨을 바다로 내동댕이치고 있었던 것이었다.

동체 착륙에 성공한 비행기는 바닷가에 안전하게 있었고 따뜻한 커피와 간식을 제공하고 있는 승무원들이 눈에 띄었다. 좋은 식당을 소개해 준다던 승무원 카나 씨가 나하고 눈이 마주쳤고

성큼성큼 다가오고 있다.

"기적적으로 살았습니다. 바닥과 충돌하기 불과 몇 초 전에 파란색이 비행기의 동체를 감싸며 안전하게 이곳까지 인도해 주었습니다. 그리고 믿기지 않을 광경을 발견했습니다. 보세요!"

새파란 용 한 마리가 있었다. 로켓을 등에 장착한 것처럼 보이는 새파란 용은 차가운 바다로부터 비행기와 사람들을 보호할 방파제를 제작하고 있었다. 방파제를 만들어 주는 용도 그렇지만 로켓을 장착한 용을 내가 보고 있다는 것도 그렇다. 그보다 더 그런 것은 그 광경을 아주 자연스럽게 받아들이는 탑승객들이었다. 도대체 이 사람들은 직업이 무엇인 것인가!

파란색 용을 보기 위해 모두가 기다리고 있다. 방파제의 작업이 끝나고 뒤뚱뒤뚱 걸어오는 용은 그제야 자신이 주목을 받고 있다는 것을 눈치챘다. 파란색 용은 어찌할까 망설이더니 순간 '윙' 하는 로켓 엔진 소리와 함께 몇 미터 정도 하늘로 날아서 사람들에게로 가볍게 점프해 날아왔다. 이때 모두가 박수갈채를 보낸다.

"구해 주셔서 감사합니다. 방파제까지 제작해 주시고 정말 감사드립니다."

"전화기가 터지지 않아요."

"이곳에서 지낸 지는 얼마나 되었습니까? 이곳은 어떤 곳인가요?"

"정말 용 맞나요? 색깔이 특이하시네요."

많은 질문이 있었고 파란 용이 대답한다.

"이곳은 잊힌 공간입니다. 평소에는 사람들이 들어오지 못하는 공간입니다. 여러분이 도착한다는 예측을 해 준 우쿠리라는 새의 소리를 듣고 밤새도록 기다리고 있었습니다. 아차 하는 순간에 놓쳐 버리면 평생 후회하게 될지도 모르기 때문입니다. 우쿠리의 예측대로 여러분이 탑승한 비행기의 기운이 느껴졌고 그 거대한 압력을 최소화하기 위해서 제가 갖고 있던 로켓의 힘을 최대화했습니다. 비행기의 동체가 바닥에 닿기 직전에 저의 손으로 감싸 안을 수가 있었지만 저보다 3배나 되는 물체의 방향을 틀기 위해서는 모험심도 필요했습니다."

"로켓이 무거울 텐데 가볍게 움직이시네요. 원료는 무엇이고 누가 제작해 준 것입니까?"

"우쿠리는 누구일까요?"

"어떤 모험심이었는지 여쭈어봐도 되나요?"

다시 많은 질문이 쏟아져 나왔고 파란색 용은 담담하게 답한다.

"같이 죽자는 모험심이었습니다."

"네?"

"자세히 말씀드리면 같이 죽을 수도 있지만 제 목숨이라도 바쳐서 구할 수만 있다면.... 그런 모험심이었습니다. 달리 방도가 없었기에 바닷가의 물들에 도움을 요청하였고 그들은 반응을 해 주었습니다. 다행히도 속도가 줄어들어 방향을 바꿀 수가 있었기에 무모할 수도 있는 저의 처음 해 보는 시도는 기적적으로 성공하게 되었습니다."

상황을 듣고 있던 승무원 카나 씨가 첫 질문을 한다.

"살려 주셔서 감사드립니다. 저는 아직 이해가 가지는 않지만 목숨을 바쳐서 저희를 구해 주셨다는 것 잊지 않도록 하겠습니다. 저희를 위해서 그렇게까지 해 주신 이유를 물어봐도 될까요? 더군다나 사람도 아닌 용에게 도움을 받았다는 것은 솔직히 믿기 힘든 일입니다. 저희에게 원하는 것이 있다든가 혹시 이용하려고 한다든가.... 물론 목숨을 바쳐서 구해 주신 일에 대해 진심으로 감사드립니다."

"그 이유는.... 우쿠리의 소망입니다. 그녀의 소망은 여러분을 살리는 것에서 끝나지 않고 여기에서 안전하게 오셨던 길을 가시도록 도와드리는 것입니다."

"네, 여기서 돌아가고 싶습니다! 여기에서 돌아갈 수 있는 방법을 자세히 말씀해 주시면 저희도 전력을 다해 노력할 것입니다."

돌아간다는 중요한 정보가 카나와 용의 대화에서 나오자 모두가 조용히 듣게 되었다.

"이 공간에서 여러분이 나가기 위해서는 우쿠리의 힘과 지혜가 필요합니다. 하지만 그녀는 허공을 떠다니는 존재로 소리만이 이곳에 있습니다. 변신의 천사라 불렸던 그녀는 사람의 형상으로 여러 공간을 자유자재로 여행을 하였기에 여러분이 집으로 돌아가는 여행도 도와드릴 수 있는 분이십니다."

"인간 병기 마크입니다. 심리학자 엘사와 함께 이세계를 모니터하면서 우쿠리에 대한 정보를 조금 얻었던 적이 있었습니다. 우쿠리의 힘을 얻을 방법을 알고 계신다는 건가요?"

"그 우쿠리의 도움을 받기 위해서는 두 가지의 방법이 있을 것입니다. 우쿠리와 같은 힘을 가진 분을 찾든지 우쿠리의 형상이 잠시라도 이곳에 머물 수 있도록 해 주는 것입니다. 그리고 이 두 가지 중 한 가지가 가능하도록 하기 위해서는 저의 부족의 나라를 정복해야 합니다."

"용을 정복한다는 건 용과 싸워야 한다는 거 아닙니까? 제가 아무리 인간 병기라 해도 그건 무리가 아니겠습니까."

여러 가지 질문에 차분하게 대답해 주던 파란 용은 42명 전부를 자세히 관찰한 후에 잠시 생각을 정리한다.

"여기에 계시는 42명 전원을 위해 특수 무기를 제작하겠습니다. 무기라고 하였지만 무서운 무기는 아닙니다. 척추에 맞춰 움직이는 로켓입니다. 척추의 개수와 각도의 정보를 인식하여 척수의 탄력성을 이용해 정보를 읽어 냅니다. 척수의 탄력성은 해부학적인 탄력성 이외에도 정보의 저장과 전달도 해 주는 정보의 탄력성을 말하고 그 세부적이고 미세한 정보를 읽어 내어 여러분의 움직임을 예측할 수가 있고 그에 맞춰서 로켓 엔진의 방향과 각도와 강도가 조절됩니다. 몸에 부착되어 안전한 비행을 도와드릴 겁니다."

"용이 로켓을 제작한다고?"

"척추와 척수의 탄력성에서 정보를 읽어 낸다...."

"어떻게 그런 게 가능합니까? 그런 정보는 들어 본 적도 없습니다."

또다시 많은 질문이 쏟아져 나온다.

"인체의 신비입니다. 인체의 신비를 존경한다면 사람을 위한 기막힌 머신을 제작할 수 있을 것이고 인체의 신비를 무시하고 배제하는 사람이 머신을 만든다면 참담한 일들만이 벌어질 수가 있고 아무리 노력해도 인체에 해가 되는 머신에 그치고 말 것입니다."

"그렇게 자신 있게 말씀하시다니 우리 인간들을 무시하는 건 아니십니까?"

"저는 아직까지 인간이라는 단어를 사용한 적이 없습니다. 정작 사람을 무시하며 원래 악하다고 하기도 하고 원래는 원숭이였다고 하는 것은 분명 사람일 것입니다. 사람을 부러워하는 원숭이가 듣는다면 대대손손 전해질 황당한 단어가 될 것입니다. 그 '황당'이라는 단어는 대대손손 전해져 단무지로 진화한다는 속담도 들려오고는 했습니다."

"무슨 말씀이신지...."

"갑자기 황당한 이야기를 하게 되었지만 저는 여러분을 무시하지 않습니다. 기막힌 기술력이 가능한 여러분이 부러웠고 나름대로 제가 할 수 있는 부분을 노력해서 꽤 괜찮은 머신을 만들었습니다. 그리고 그 머신을 여러분에게 보여 드리고 싶습니다. 한번 지켜봐 주시기 바랍니다. 제 등에 부착된 로켓보다 더 신경 써서 해 보겠습니다."

그리고 나서 한 명 한 명 챙겨 주는 파란 용이다. 사람들 한 명 한 명에게 다가가 그들의 척추에 손을 대 진동에서 오는 정보를 척수로부터 읽어 내 정확히 기억하고 자신의 로켓에 저장한다. 이 42명의 정보를 저장한 거대한 외톨이 용 블루핀은 동굴 속으로 바로 숨어든다. 워낙 외톨이 생활이 길었기 때문에 동굴로 홀로 들어가는 모습이 아주 자연스러워 보였다. 동굴 속에는 숨겨 둔 자기만의 공장이 있고 아무에게도 보여 주기를 원치 않았다. 그리고 그곳에서 뚝딱뚝딱 밤샘이 시작된다.

"정말 뭔가를 만들어 낼까?"

"우리가 용의 부족을 정복하려면 큰 희생이 따를 거야.... 우리가 아니고 용들이 말이야. 나는 게임의 라스트 보스를 5분 만에 돌파한 기록이 있거든.”

“대단한 자신감이군! 나는 아이템 업그레이드 없이 중간 보스까지 가 본 적이 있었지.”

“그 용 이름이 뭐라고 했었지? 부르핀이었나? 실제로 용을 보니까 게임에서 보던 것과 그다지 차이는 없는 거 같아.”

“비행기 추락보다도 충격이었던 건 방파제를 제작하며 땀 흘리는 부르핀의 뒷모습이었지. 나보다 더 사람답더라고. 난 땀 흘리지 않는 것만 하거든.”

처음 만난 용을 신뢰하기란 쉽지만은 않은 일이지만 도착하자마자 용의 신비한 로켓의 도움을 받았다는 것을 깨달았고 신뢰가 가는 대화가 이루어진 상태이기 때문에 사람들은 무기가 만들어지고 있는 이 시간 동안 나름 은근히 모두가 기대를 하고 있다.

시간이 흐르고 사람들은 기다리기가 초조해졌다. 어떠한 작품이 나올지 모르는 상황에서 전장에서의 작전을 진행하는 것은 혼란을 가중할 것이기에 작전 타임도 미뤄 두기로 하고 승무원 카나의 아이디어로 모두가 빵을 만들어 보기로 하였다. 블루핀에게 가져다줄 정성과 고마움이 담긴 빵을 비행기에 남겨진 재료를 갖고 만들기 시작하였고 꽤 괜찮은 냄새를 가진 거대한 빵 하나를 완성하였다.

"초콜릿도 뿌려 줘!"

"용이 초콜릿을 어떻게 먹어?"

"왠지 먹을 거 같아."

한참을 연구하던 승무원과 몇몇은 마침내 빵을 공룡알 모양으로 만들었고 초콜릿이 들어간 프라푸치노 음료를 옆에 추가하였다.

"용이 좋아할까?"

"아무리 그래도 용이 공룡알을 먹는 건 좀 잔인하지."

"그런가?"

빵의 모양을 수정하고 있는 사이 드디어 블루핀이 동굴에서 나와 모습을 드러내고 자신이 만든 기계를 손에 한 움큼 쥐고 서 있다. 그리고 씨익 한 번 웃더니 하늘을 향해 그 기계들을 높게 던져 올린다!

로켓은 각각 자신의 주인을 찾아 날아가 사람들의 등에 자동 부착이 되었다. 순식간의 일이었다. 갑작스러운 일이었지만 워낙 신체에 맞게 잘 만들어진 제품이라서 설명서도 필요 없었고 테스트를 시작해 보는 사람들은 경악을 금치 못하였다. 그 장비의 가벼운 무게와 디자인도 놀라웠지만 마치 한 몸처럼 움직이는 그 로켓이 정말 자신의 팔처럼 자신의 다리처럼 원하는 방향으로 작동을 해 주는 것이 믿기지 않을 정도였다. 42명 전원은 누구의 도움도 없이 아주 쉽게 작동 원리를 파악하였다. 원하는 방향으로 날아가고 정지하는 이 자연스러운 움직임은 개개인의 생각을 읽고 있다고 착각할 정도로 평생을 몸에 지니고 생활해 온 듯이 모두의 몸을 움직여 주었다. 비행을 할 수 있게 해 주었다!

로켓에 적응한 사람들은 궁금한 것이 더 많아졌다.

"어떻게 이런 기술이 가능합니까? 특별한 재질을 사용한 것 같지도 않은데...."

흐뭇하게 지켜보던 블루핀이 답변한다.

"용들이 불을 쏘는 것이 가능한 것은 헬륨이라는 화학 원소의 이용 방법을 알기 때문입니다. 헬륨은 공기보다 가벼워서 로켓의 무게도 줄여 주고 헬륨은 전송 속도가 빠르기 때문에 척수로부터 나오는 정보들을 빨리 처리해 주는 것이 가능합니다. 헬륨에 의해 가능한 초전도 현상은 에너지원 중 하나가 되고 추진력도 헬륨에 의한 초전도 자기장으로 마무리했기에 인체에 무리 없이 움직임을 도와주게 됩니다."

"그렇군요! 그래서 헬륨 융합을 하는 태양과 드래곤볼은 닮아 있는 거군요!"

태양과 드래곤볼의 질문에 들뜬 블루핀은 추가 설명을 시도한다.

"태양에 대해 보충 설명을 해 드리면 태양의 중심부에서 융합되는 힘은 $276.5W/m^3$. 이것은 거대한 힘이 아닌 우리 같은 용들의 신진대사에 걸맞은 힘이 됩니다."

이 말에 인간 병기 마크가 반응한다.

"무언가 오묘한 진리가 숨어 있는 듯합니다. 하늘을 보면 세상도 보인다는 스타게이저 님의 말씀이 떠오릅니다…. 혹시 헬륨의 전송 속도는 목소리를 빠르게 하는 역할도 하기 때문에 이것이 용들이 말하기를 꺼리는 이유가 된 것이 아니겠습니까?"

이 질문에는 답변을 피하고 분위기 전환을 하려는 블루핀은 다른 것을 꺼내 놓는다.

"불로부터 보호해 주는 방패입니다! 보너스로 주는 선물입니다!"

블루핀이 흐뭇하게 외치며 던져 준 방패는 모두의 손에 차례차례 안착이 되었다. 전장에 참여할 42명을 불로부터 보호해 줄 투명색의 방패를 들게 된 사람들은 일제히 하늘을 향해 방패를 들어 올렸다! 고도의 기술을 얻은 42명의 인간 병기가 탄생하는 순간이었다. 그런데 병기라고 하기에는 공격할 만한 것이 없었다. 방어만이 가능한 장비였던 것이다.

승무원 카나 씨가 무언가 생각이 난 듯 비행기로 가더니…. 굉장한 의상을 입고 나와 주셨다. 그 의상은 〈에반게리온〉 2호기의 파일럿, 빨간 옷의 아스카! 고마운 일이다. 그리고 로켓과 너무 잘 어울린다. 지금 당장이라도 하늘을 날아서 우주로 갈 것만 같다. 이때 모두의 박수갈채가 있었고 좀 어색했는지 카나 씨가 나에게 다가와 설명해 주었다.

"이 비행기는 비행기 연착으로 애니콘에 참가하기가 힘들게 된 사람들을 위해서 급조된 비행기입니다. 그래서 인원수가 40명 정도밖에 안 되었던 것이었습니다. 저도 물론 애니 팬이었기 때문에 목적지에서 며칠 머무는 동안 애니콘에 참가해 볼까 하고 준비한 의상입니다."

"대단한 의상입니다. 미래적이고 몸에 딱 맞습니다! 아주 딱 맞습니닷!"

카나 씨가 시작을 알려 준 것이었다. 비행기에서 두 번째로 나오신 분은 깡충깡충 뛰어오는 렘(Rem)! 〈Re:Zero〉의 렘이닷! 외뿔 달린 머리에서 빛이 나며 내 앞을 지나가 주셨고 렘의 여운이 가시기도 전에 머리에 리본을 한 치카 후지와라(Chika Fuji-wara)의 코스튬이 등장해 주었다. 코스튬뿐이었다면 차례차례 나오고 있는 다른 의상들에 눈이 갈 수도 있었겠지만 코스튬뿐이 아니었다! 항상 웃어 주고 춤을 추며 재밌는 것을 찾아다니는 치카짱! 바로 그 자체였던 것이다!

이분은 분명 애니콘에 참가하시는 프로 코스플레이어임이 분명하시다! 코스튬 복장의 사람들이 계속 등장하였다. 이날 모두를 놀라게 한 사람은 혜라 씨였다. 그녀는 만화 〈킹덤〉의 강외의 의상으로 등장하였다. '팅팅 콩콩' 하는 치우족의 춤사위가 시작되었고 진심이 전해지는 그 움직임에 모두가 흠뻑 빠져든 순간

마치 우주를 떠다니듯이 뛰어올라 공중을 떠다니는 그녀였다. 공중에서의 로켓의 조절이 절묘했다.

슬로모션으로 움직였다가 칼을 휘두를 듯이 움직였다가 하는 그녀를 보고 있는 사람들은 정말 눈 깜짝할 사이에 칼에 베일 것 같은 착각을 불러일으켰고 이 살벌한 춤사위는 용의 부대와의 전쟁을 승리로 이끌 수 있을 거라는 메시지를 전달하며 모두의 마음을 강인하게 만들어 주었다. 모두가 넋을 잃고 지켜봤고 블루핀 또한 처음 보는 춤사위와 강인한 움직임에 경의를 표하는 듯하였다. 그런데 그녀는 로켓을 미리 예측하고 저런 의상을 준비했을까? 굉장한 우연이 아닐 수 없다. 그리고 그녀가 메시지를 전달한다.

"이 순간을 기다렸습니다. 평생을 꿈꾸어 온 신비한 장소와 아이템의 세계가 이곳에서 펼쳐지고 신기술의 로켓까지 얻게 되다니! 이런 기적을 만나게 되기도 하는군요. 이런 곳의 전투라면 저는 최선을 다할 준비가 되어 있습니다! 두근두근합니다. 두근두근해서 견딜 수 없을 정도입니다!"

분위기가 고조되었고 나도 중요한 한마디를 전달하려 한다.

"작전을 짜야 합니다. 렘 의상의 두 분이 선두에 서고 〈에반게리온〉의 아스카가 뒤따르고…. 그리고 제가 바로 뒤에!"

"네? 제가 왜 선두에 서나요? 특별한 이유라도…."

"이유라면…. 그렇네요. 그럼 제가 선두에 서고….”

"마크 씨의 의상은 없는 건가요?”

"저는…. 섹시 보이스 앤 로보의 오타쿠입니다!”

"아, 네….”

이런 대화를 일상생활에서 하는 것이 가능하다니 환상이닷! 이 공간에서 환상이 일어나고 있다! 이곳은 나에게도 기적의 공간 이닷!

여기서 끝이 아니었다. 적응해 주고 있는 우리를 지켜보던 블루핀은 자신의 비장의 기술을 선보이기 위해서 바닷가에 자리를 잡고 집중을 해 달라고 요청하였다. 하지만 의상에 빠져 있던 우리는 그 말을 뒷전으로 하고 들으려 하지 않았다. 이런 상황에 익숙하고 말주변이 없는 블루핀은 조용히 공기를 들이마시기 시작한다. 그리고 바다 표면이 통통 소리를 내며 튕기기 시작하는 순간 모두가 블루핀에게 집중하게 된다. 모두가 집중하는 동안에 통통 튕기던 물은 하늘로 솟구쳐 오르더니 사람들의 얼굴에 뿌려져 살짝 이슬비처럼 내려왔는데….

"음…. 이것이 무슨 의미가 있는 거죠?”

"여러분, 제가 전해 드린 로켓과 방패는 방어의 아이템들입니다. 로켓은 도망가는 역할도 해 줄 것입니다. 상황이 여의찮을 때는 최대의 출력으로 도망치는 것입니다. 그리고 지금 전수해 드리는 것은 공격의 기술입니다. 저희 할머니로부터 전수받은 기술이고 이 기술을 전수해 주는 것은 여러분이 처음입니다. 아직 제가 미숙하기 때문에 같이 연구해 주신다면 도움이 됩니다."

이렇게 특훈은 저녁까지 진행되었다. 모든 연습과 특훈을 끝내고 저녁 만찬의 시간이다. 블루핀은 에너지를 많이 썼다고 하며 동굴에서 잠을 자겠다며 사라졌다. 코스튬을 스웨터로 갈아입은 혜라 씨가 내 옆에 앉아 있다. 그녀는 날씬하지만 많이 먹는다.

"너무 많이 드시는 거 아닌가요?"

"아저씨도 많이 드세요. 많이 먹는다고 뚱뚱해지는 건 아닌 거 같다고 생각해요. 난 안 뚱뚱한데, 뚱뚱하다고 생각하는 사람들도 있기는 한데...."

"난 평소에 조금만 먹어요. 그렇게 먹으니까 뚱뚱하다고 말을 듣죠."

"나 안 뚱뚱해요. 이거 봐. 여기 배 만져 봐요."

배가 살짝 보이도록 스웨터를 올린 그녀의 배를 만져야 할까 망설이다가 손을 내밀어 만진 곳은 배가 아니었다. 각도가 안 나와서 손을 편다는 것이 잘못 펴져서 동그랗고 한 손에 딱 들어오는 부드러운 것을 만지고 말았다.

"저기 있잖아요. 거기 배 아닌데.... 빨래를 못 해서 대신 스웨터를 입은 건데.... 항상 노브라는 아니에요...."

표류 3일

혜라 씨와는 조금 어색해져서 어젯밤부터 서로 피해 다니고 있
다. 승무원 카나 씨는 로켓이 맘에 들었는지 비행 연습에 열중이
다. 로켓의 디자인은 블루핀의 것과는 조금 다르다. 블루핀은 거
대한 로켓 하나가 등 뒤에 부착되어 있지만 우리를 위해 만들어
준 로켓은 한 뼘 정도 직경의 작은 원통형 로켓 두 개로 그 아래쪽
으로는 척추와 이어지는 받침대가 있다. 척추를 중심으로 해서
양쪽으로 있는 로켓은 인체로부터 한 뼘 정도 떨어져 있어서 헬
륨을 사용한다는 에너지원으로부터 인체를 보호해 주는 거리인
것 같다. 색깔은 빛나지 않는 하얀색이고 전반적인 재질은 가벼
운 철이라고 생각한다. 왠지 블루핀의 것보다 더 업그레이드된

버전처럼 보인다.

전투는 빠르게 진행되었다. 이른 아침 비행 연습을 하고 있던 사람들 머리 위로 용 두 마리가 괴이한 소리를 내며 횡단하며 지나갔다. 그 지나가는 소리는 마치 전투기 두 대가 지나가는 듯한 굉장한 굉음을 내었고 공중에 잠시 떠 있던 몇몇 사람은 사기를 잃고는 바닷가 모래사장에 착지하였다.

그리고 차곡차곡 용의 부족들이 사람들 앞에 등장하였다. 전체 21이었지만 그 존재감은 백에서 만이다. 사람이 감당하기 힘들 정도의 기운이 뿜어져 나오고 있지만 사람들의 마음은 블루핀과의 대면에서 강해졌고 블루핀의 선물과 혜라 씨의 춤사위가 큰 지지가 되어 주었기에 담담한 평정심을 겨우겨우 유지하고 있었다.

이때 블루핀이 인간 병기 마크에게 눈으로 신호를 보낸다. 기다렸다는 듯 인간 병기 마크와 혜라는 하늘로 빠른 속도로 튀어 올라 용들이 모여 있는 곳을 비행한다. 마크의 힘과 스피드는 보통 사람보다 빠르고 강하다. 혜라의 움직임은 마크의 움직임과 조화를 이루어 대단한 광경을 연출한다.

높은 점프가 가미된 마크의 로켓 비행의 시작은 번개가 움직이듯 빨랐고 로켓의 출력을 최대치로 올린 마크는 거대한 소리를 만들어 내고 그 소리를 따라 혜라의 로켓 소리가 붙어 주었고 그 소리는 마치 전투기 두 대가 머리카락을 스치고 지나가는 듯한 착각이 들 만큼 굉장한 소리로 울려 주었다. 용들의 사기를 한 번에 꺾기에 충분하였다. 인간 병기 마크와 혜라가 모래사장에 착지하자 용들의 보스가 앞으로 한 발짝 걸어 나온다.

"블루핀, 이 괴이한 물체는 무어냐! 사람들에게 네가 만들어 준 것이냐! 그리고 사람들이 입고 있는 저 의상은 도대체 무엇이냐!"

"이 물체는 설명을 거부한다. 그리고 사람들은 다시 돌려보내 줄 것이다. 그렇게 하기 위해서는 너희가 붙잡아 놓은 거대한 새의 도움이 필요하다."

"새를 넘겨주는 건 안 된다. 그녀는 우리를 위해서 일하기도 벅차다. 그 도움을 사람들을 위해 쓸 것이라 보느냐!"

"그렇다면 전투다. 너희를 정복하겠다."

"네가 무슨 힘이 있다고 우리를 정복한다고 목청을 올리느냐! 너무 오래 잠을 자서 앞이 제대로 보이지 않는 거냐!"

"너희가 거대한 새들에게 했던 악행들은 이제 멈춰야 할 때가 온 것이다. 거대한 새는 이제 보내 줘라."

거대한 새라는 말이 나오자 용들은 반발하기 시작했고 블루핀을 제외한 21의 용과 42명의 사람이 대결을 시작하게 되었다. 우리에게 무기를 만들어 준 블루핀은 전쟁에 참여하지 않기로 하고 모래사장 위에서 관전한다. 그리고 곧 꼬리를 휘둘러 모래바람을 일으키며 전쟁의 시작을 알린다.

무릎 수술을 했던 인간 병기 마크가 빠르게 날아올라 자신의 무릎을 45도 정도 굽히자 그곳에서 레이저가 퍼져 나간다. 그 레이저는 용들 내부를 MRI 보듯이 보이게 해 주었고 불의 움직임을 포착할 수 있게 해 주었다. 이 기술은 병원에서 사용하는 MRI 기술이 숨어 있던 마크의 인공 무릎을 블루핀이 개조해 준 것이다. MRI도 헬륨의 성질을 사용하는 기계이기에 제법 쉽게 개조가 가능했다. 이 기술로 인해 용들의 내부가 보이는 사람들이 방패를 올릴 최적의 타이밍을 계산할 수 있게 된 것이다.

용들의 날갯짓이 시작되자 블루핀은 양손을 들어 올려 다음 신호를 보낸다. 42명 전원이 하늘로 날아올랐다. 날아다니는 코스튬의 42명은 그야말로 장관이었다. 그리고 블루핀과 훈련한 대로 방패의 각도를 태양 빛에 맞추어 용들의 눈에 반사한다. 방패의 숫자는 42개였고 용의 눈이 둘이니 용의 전체 눈의 수 또한 42였다. 2명이 한 조가 되어 한 용을 선택하는 것이 이 작전의 포인트였고 42명이 처음에 하늘을 날아오르는 과정에서 순서를 정하기 시작했었다. 작전대로 되었고 다음 기술을 위한 시간을 벌게된 것이다.

그리고 다음 신호를 위해 블루핀이 눈을 감았고 그 신호를 받아 사람들은 일제히 호흡을 삼키며 주위의 공기를 불러 모으기 시작한다. 42명의 호흡에 의해 바닷가 수면의 물방울이 통통 팅기고 이 팅기는 현상은 블루핀이 만들었던 힘의 42배보다도 훨씬 더 컸다! 용들이 눈을 뜨고 앞을 제대로 보기 시작했을 때는 벌써 바다에서 모인 물방울들이 파란 구름을 형성하여 올라가 하늘에서 요동을 치며 용들을 덮칠 준비를 하고 있던 때였다.

구름이라기보다는 물에 가까워 보이는 이 신비한 현상을 신기하게 바라보던 용들은 일제히 움직임을 정지하였다. 그 물줄기는 전설에서만 존재한다고 생각했던 용들에게는 치명적인 것이었기 때문이다. 그것은 다시는 불을 쏘지 못하게 만드는 힘을 지닌 것이었다.

"잠까아아아아아안!"

용들 중에서 비늘이 황금색을 띤 작은 용 한 마리가 모든 용에게 그리고 모든 사람에게 스톱(Stop)을 외쳤다.

"전부 멈춰 주세요. 이 전쟁 잠시 중단입니다! 우쿠리의 목소리가 들렸습니다!"

신비한 능력의 우쿠리의 일화를 용들은 알고 있다. 성격이 괴팍하고 온전하지 않아 어떤 용도 주위에 접근하기를 거부하고 무서워하게 되는 몸집이 작은 황금색 용이 있었다. 늑대 한 마리가 멋도 모르고 접근했다가 바로 펀치 한 방에 날아가기도 하고 바람에 떨어지는 토마토들도 기분에 거슬리면 바로 두들겨 맞아 케첩의 형태로 땅의 거름이 되어 주었다. 바늘 하나 들어가지 못할 거라고 생각했던 이 황금색 용의 마음이 녹기 시작한 것은 우쿠리가 함께 있었던 어느 날이었다.

수십의 용이 피크닉을 하고 있던 4월의 봄, 황금색 용이 혼자서 평소처럼 나무 아래에 앉아 있을 때…. 너무도 자연스럽고 너무나도 사랑스럽게 우쿠리가 다가와 바로 옆에 앉아 버렸다! 이 위험해 보이는 광경을 보고 있던 용들은 숨을 죽이고 침묵하며 비참한 일이 벌어질 것에 대한 마음의 준비를 단단히 하고 있었는데…. 그들의 마음의 준비는 꽤 오래가게 되었다. 5분이 경과하고 10분이 경과하였는데도 황금색 용은 아무런 요동도 없이 그대로 앉아 있었던 것이다.

아무래도 우쿠리가 옆에 앉아 있어 주어서 좋았던 모양이다. 아무래도 그런 것이다. 황금색 용은 같은 자세로 굳어 있기를 20분. 그의 눈은 앞만을 보고 있었고 자세히 보면 간간이 흘러내리는 식은땀도 볼 수가 있었다. 이날부터 우쿠리의 별명은 변신의 천사에서 모든 존재를 사로잡는 매력의 천사로 용들 사이에서는 간간이 불리게 된다.

그 우쿠리의 목소리가 지금 황금색 용에게 들려온 것이다.

"그녀의 모습은 어디에도 없지만 우쿠리의 목소리가 들려왔습니다. 허공에서 떠돌다가 저를 감지하고 제 귀에 속삭여 준 것입니다. 우쿠리가 저에게 말했습니다! 블루핀도 도와주고 사람들도 도와달라고 자신은 괜찮으니 모두를 부탁한다고 했습니다.”

용들이 일제히 움직임을 정지하였고 사람들은 하늘에 모아 둔 구름들을 다시 바다로 날려 버렸다. 전쟁이 멈췄다.

“황금 용! 궁금한 게 하나 있는데 그때 나무 아래서 우쿠리와 나눴던 대화를 들려줘라. 그렇게 해 주면 이 전쟁 끝을 내고 사람들의 요구를 들어주겠다.”

“알겠다. 너희의 생각이 그렇다면 그때의 그 일을 들려주겠다.”

“용님.”

“네?”

“요즘 더 젊어 보이시네요.”

“그런가요. 제가 젊어 보이는군요.”

“그렇다고 예전에 늙어 보였다는 이야기는 절대 아닙니다.”

“….”

잠시 정적이 흐르고 용들의 얼굴이 괴로워 보인다. 더 이상 웃음을 참지 못한 용들의 보스는 “우헤헤헤! 우하하하하! 그래서 아직까지 비밀로 하고 있었군! 그 이야기 맘에 들었다. 우리는 이 전쟁 항복한다!” 하고 말했다.

용들의 항복을 간단히 받아 내었다. 사람들의 승리가 될 확률이 높아 보여서 용들이 잔꾀를 쓴 거라는 생각도 없지 않아 있었지만 황금 용의 말에는 진실이 담겨 있다고 그 자리에 있던 모두는 자연스럽게 알고 있다. 사람들은 승리의 기쁨을 나누어야 할지 아니면 같이 웃어야 할지 만감이 교차하는 순간에 있던 사이 용들의 보스는 자신들이 가두어 두었던 거대한 새를 풀어 주라는 신호를 보낸다. 그리고 정말 궁금한 게 있다는 표정으로 갑자기 말을 더듬거리며 질문을 하기 시작한다.

"무, 무, 무, 물을 옮기는 기술…. 어떻게 이것이 가능합니까? 사람에게 가능한 일이 있고 가능하지 않은 일이 있을 텐데 이건 이상하네요. 혹시 짧은 시간에 가르침을 만난 것일까요…."

사실 나는 할머니로부터 전수받았던 이 기술을 사람들에게 가르쳐 주면서 특이한 사실을 깨닫게 되었다. 이 기술을 10명이 할 경우 10배가 되고 100명이 할 때는 1,000배가 되어 버린다는 것이다. 이 놀라운 비밀이 용들에게 전해지면 위험할 수도 있기 때문에 사람들에게도 그 원리에 대해서는 말해 주지 않았다. 유일하게 이 비밀을 깨달은 사람은 용의 언어를 알고 있는 혜라였다.

드디어 거대한 새가 등장한다. 용들이 모셔 온 그녀는 놀랍게도 마야미의 얼굴을 하고 있는 사람처럼 보였다. 그리고 그녀에게서 조용한 언어가 흘러나온다.

"예기치 않게 풀려나게 되었네요. 얼마나 더 있어야 하나 도대체 언제까지 이렇게 있어야 하나 매일매일 일분일초를 되새기며 생각했지만 답은 나오지 않았고 정신을 유지하기에는 한계로 치닫고 있었습니다. 내가 불멸을 전수해 준 사람에게 내가 도움을 받게 되다니 그리고 또 다른 사람들과 용들의 도움도 받게 되는 날이 오다니…. 아마도 사람의 세상에도 커다란 변화가 몰려오려는 것은 아닐까요."

마야미의 얼굴을 보고 놀란 마크가 질문을 한다.

"당신의 이름은 무엇입니까? 어째서 내가 알고 있는 마야미 씨와 같은 얼굴을 하고 있는 겁니까? 당신은 우쿠리가 아닌데 어째서…."

"나의 이름은 혜라. 그곳에 서 있는 사람 연경 씨가 자신의 이름을 혜라로 바꾼 것은 모두를 이곳으로 이끌기 위한 바람이 전해져서일지도 모릅니다. 혜라 씨의 원래 이름은 연경. 연경 씨는 모든 것을 뒤로하고 혜라라는 단어가 형상화가 되어 비행기에 탑승하게 된 것입니다. 연경 씨는 스타게이저와 어린 시절 인연이 있던 사람으로 우쿠리의 비명을 하늘에서 이끌고 와 주기 충분했습니다."

"무슨 이야기인지…. 당신이 이 비행기 추락 사건을 계획했다는 것처럼 들립니다."

"당신, 인간 병기 마크가 탑승하는 비행기면 좋았습니다. 용들을 상대로 가장 강력한 인간으로서 부족함이 없었고 용의 언어를 구사하는 연경 씨와의 궁합은 이곳에 안전하게 들어올 수 있을 것 같다는 예측을 하게 해 주었습니다. 새들은 제각각 다른 능력을 갖고 있습니다. 우쿠리는 저에게 불멸의 능력을 특별히 전수받았습니다. 이것이 우쿠리의 능력과 나의 능력이 같은 이유입니다. 그리고 나의 형상이 우쿠리와 비슷한 이유이기도 합니다. 그녀가 나의 얼굴을 하고 있을 때는 마야미라고 불렸던 것 같군요."

"우쿠리의 예측하는 능력이 당신에게서 받은 거라니…. 그 말을 믿을 수밖에 없네요. 놀랍도록 마야미 씨와 닮았습니다."

"그렇습니다. 마야미는 원래 저의 얼굴입니다."

"예측하신 게 있으시고 그렇게 이루어졌다면 그렇다면 저희는 원조 마야미 씨의 함정에 빠진 것은 아닙니까?"

"고의적은 아니었지만 누군가가 나를 들어 주었으면 하는 바람이 강하게 있었습니다. 누구나 살기 위해 발버둥을 칠 수 있다는, 아니면 최선을 다해 미래를 예측한다는 것으로 이해해 주시면 안 될까요. 미안한 마음을 담아 우쿠리를 되돌려 드리겠습니다. 미래 없이 갇혀 있던 제가 이렇게 여러분들과 대화할 수 있어서 좋았고 멋진 전투와 모험심을 보게 되어서 기뻤습니다. 이렇게 숨을 쉬면서 여러분들과 이야기해 보는 것이 저의 바람이었습니다. 안녕히 계세요."

마야미와 같은 얼굴을 하고 있던 원조 마야미가 몸에 힘을 잃고 바닥에 쓰러지기 전 허공을 떠돌던 우쿠리(마야미)의 목소리가 자리를 잡았다. 우쿠리가 돌아왔다! 그녀는 마야미의 형태로 잠시 있다가 바로 잠이 들었다. 인간 병기 마크가 잠이 든 마야미를 안고 사람들에게로 데려와 안전한 장소에서 담요로 몸을 덮어 주었다.

이런 일이 벌어지고 있는 가운데 로켓을 갖고 있는 강력한 블루핀에 황금색 용이 가세하게 되고 용들의 보스의 영향력이 작아지게 된다. 그리고 블루핀이 바닷가를 빠르게 나르며 바다 수면의 물을 하늘로 튕겨 주면서 자신의 힘을 과시하며 모두를 향해 고함쳤다.

"평생을 희생으로 살다 간 거대한 새 혜라를 기억해라! 우리는 이제 자신의 삶을 지키기에 바쁜 쪼잔한 생활에서 벗어나 자신의 삶을 멋지고 터프하게 그리고 과감하게 살아가는 것을 택하자! 한 발자국을 내디뎌도 자신감 있게 멋지게 내디뎌 우리 할아버지 할머니 멋있었다고 한마디 들어 보자!"

변화가 일어나고 있다.

용들은 되돌아갔다. 블루핀이 남아서 비행기가 물 위를 다니도록 수리해 주었다. 잠에서 깨어난 우쿠리의 인도 아래 비행기는 물 위를 가르며 사람의 세계로 들어간다. 블루핀이 손을 흔들어 주고 있는데 사람들은 앞으로의 블루핀이 걱정이다. 이제는 외톨이가 아닌 용으로 살아갈 수 있을까. 할머니와 외할머니에게 받은 기술을 우리에게 전해 준 블루핀의 마음은 그리고 블루핀 할머니의 마음은 우리에게 그리고 우리의 손자 손녀들에게도 전해지기를 바란다.

블루핀의 모습이 사라져 가고 반대편에는 어찌 된 일인지 마중 나온 사람이 있었다. 별 두 개가 달린 해군 모자를 쓰고 있는 엘사가 거대한 항공 모함을 타고 기다리고 있었다.

"어떻게 알고 이곳에 오신 겁니까? 모자의 별 두 개는 무엇입니까?"

인간 병기 마크의 질문에 엘사는 환한 웃음으로 답한다.

별 두 개 엘사

투 스타가 된 엘사의 사무실에 모두가 모여 있다. 스파이 슈, 스타게이저의 첫 번째 의뢰인이자 슈의 부인 규리 그리고 마크가 원탁의 카우치에 앉아 있고 엘사가 중앙에 있다.

"모두 오랜만에 뵙습니다. 스타게이저 님의 장례식 1주년에 모두가 모였습니다. 모두 어떻게 지내 왔는지 듣고 싶습니다."

"별 두 개가 된 엘사 씨의 이야기를 먼저 듣고 싶습니다."

마크는 엘사의 이야기가 가장 궁금하다.

"탐정 스타게이저 님의 장례식에서 울려 퍼졌던 우쿠리의 비명이 정신적으로 영향을 받고 있던 많은 사람의 머릿속을 일깨워

주었습니다. 그 과정에서 저의 치료 기술이 효과적이라는 평을 받게 된 것이 계기가 되었습니다. 그래서 국가 위기 상황을 빠르게 대처하기 위한 목적으로 투 스타라는 직책이 주어지게 되었습니다. 이 작업의 중심에는 스파이 슈가 발표하지 못했던 뇌 방어벽(Blood Brain Barrier)을 뚫는 것이 가능한 RNA의 단백질에 대한 논문이 중요한 역할을 해 주었습니다. 스파이 슈는 현재 강연을 위해 전 세계를 여행하고 있고 다행히도 오늘이 규리 씨의 생일이라서 같이 이곳에 와 주었습니다."

"짧은 시간 동안 많은 일이 있었네요. 스파이 슈 아저씨는 지금 유명인이 되셨겠네요."

"다음은 인간 병기 마크의 말을 들어 보죠."

"그 우쿠리의 비명이 1년 후에 구름을 몰고 오게 되었고 제가 탑승한 비행기를 추락시켰습니다."

"네? 비행기 추락에서 살아 돌아오다니…. 인간 병기란 말이 정말이군요!"

"우쿠리의 도움이 있었습니다."

"우쿠리가 살아 있다는 것인가요?"

"그렇게 생각합니다. 우쿠리와 똑같이 생기신 분도 뵙게 되었는데요. 우쿠리에게 불멸의 삶을 전수해 준 우쿠리 제국의 최고의 지위에 있는 분이라고 합니다."

"들고 계신 그것은 무엇이죠?"

"귀중한 아이템을 얻게 되었습니다.... 블루핀이라는 독특한 용의 커다란 도움을 받았고 이 아이템은 엘사 씨에게 전해 달라는 블루핀의 선물입니다."

"로켓?"

"하늘을 날게 해 주는 로켓으로 특별한 재료가 쓰이지 않고 간단히 만들어진 신기술의 인체 연동 머신입니다."

"블루핀이 직접 만들었다는 건가요?"

"그렇습니다. 블루핀은 사람을 동경하며 손 기술을 익혔고 인체를 위한 제품을 만들었다고 했습니다. 하지만 저를 제외한 41명은 자신들이 받았던 로켓과 이별을 하게 되었는데요. 아직은 때가 아니라며 나중에 때가 되면 로켓이 자동으로 그들에게 돌아갈 것이라고 하였고 우선 제가 갖고 있던 로켓 한 대만 엘사 씨에게 전해 달라고 했습니다."

"감격이군요."

"네, 이제 엘사 씨와 저는 더 가깝게 지낼 수 있게 된 것이네요."

"네? 저 그게 아니고 아낌없이 베풀어 준 블루핀에게 감사의 마음을 전합니다."

"…."

엘사는 스파이 슈에게 화제를 돌린다.

"스파이 슈 아저씨와 규리 씨는 어떻게 지내셨나요?"

"저희는 간호사 한 분을 만나게 되었습니다. 탐정님의 마지막을 기록한 사람입니다."

"탐정님의 마지막.... 들려주시겠습니까?"

탐정의 마지막을 기록한 간호사

이름 없는 남자가 입원을 하였고 입원 후 일주일이 지나가는 시점에서 이상한 행동들을 보이기 시작한다. 일주일 동안 그의 움직임은 이상하게도 정해진 대로였다. 웬만해서는 새로운 장소에 가지 않는다. 이것을 이상하게 생각한 나는 그의 행동반경을 펜을 들어 종이에 그려 보았다. 놀랍게도 종이에 그려진 것은 글자였다.

기다리는 로켓

이 의미가 무엇인지 물어보고 싶지만 그에게 접근은 허락되지 않았다. 그분은 치료가 불가능한 바이러스에 침식되었다고 주장하며 자신의 전 재산을 병원에 전달하고 그곳에서 조용히 지내며 바이러스와 함께 사라지려는 것이었다.

움직임에서 만들어진 메시지는 나에게 전달하려는 메시지는 아닐 것이다. 아마도 안에서 무언가를 깨달아서 어찌할까 망설이고 있다든지 아니면 내가 모르는 다른 무언가가 있을 것이다. 이름 없이 입원한 환자이지만 나는 그의 이름을 알고 있다. 그의 이름은 명탐정 스타게이저이다. 한때는 탐정을 목표로 미카 3인방이라는 그룹에서 활동했던 나는 나나라고 한다. 스타게이저의 활약을 전해들을 때마다 내가 생각하게 되는 것은 '그는 사람들을 제대로 듣고 있구나….' 하는 것이었다. '아마도 스타게이저에게는 사람들의 비명이 들려오는 건 아닐까.' 하고 착각할 정도로 자신보다는 다른 사람들을 위해서 무모할 만큼 전력 질주를 한다.

이분을 내가 이렇게라도 만나게 된 것은 나에게 주어진 절호의 찬스이다. 기다리는 로켓의 의미를 이해한다면 나는 아마도 다음 단계로 넘어갈 수가 있다. 기다림이라는 것은 때를 기다리는 것. 로켓은…. 발사한다는 의미가 있고 이탈리아어 'Rocchetto'에서 유래된 단어이다. 'Rocchetto'는 우리의 할머님들이 쓰시던 재봉틀에서 실을 감는 원통형 실패를 말한다. 실패(Rocchetto)는 모든 것을 이어 주기도 하고 모든 것의 실마리가 되기도 할 것이다. 그렇다면 DNA 가닥을 풀어서 구조를 파헤치듯이…. 때를 기다리면 실마리가 모든 것을 이어 주어서 성공한다는 잠재적인 의미가 포함된 단어일 가능성도 있을 것이다. 단어라는 것은 우리의 잠재의식에서 외부로 나온 것들을 서로의 동의하에 의사소통으로 만들어 정했기 때문일 것이다.

말이 길었다. 탐정을 목표로 하는 나는 상상의 나래를 펼치기 좋아하기에 기다리는 로켓의 의미를 해석해 보았고 '때를 기다리는 기술력'이라고 현재는 감지하고 있다. 더 자세한 추리에 도달하기 위해서는 시간이 필요하다. 그리고 그분을 만나기를 희망한다.

그랬지만 작별은 곧 찾아왔다. 아쉬움의 시간이 가고 며칠 후에 그분의 장례식에 참석하기로 마음을 먹었다. 장대비와 막히는 차 그리고 초대받지 않은 손님이라는 장벽이 가로막고는 있었지만 그곳에 있을 사람들에게 전해 줄 것이 있었다. 그래서 필사적으로 장례식에 참석하게 되었다. 틀에 박힌 생활 속에 있던 내가 요즘 들어 돌발적인 행동들을 하게 되어서 난감해지고 식은 땀을 흘리게도 되지만 나를 기다릴 것 같은 사람들에게 전해 줄 것이 있다는 것에 대해 나름 작은 희망을 품고 있다. 나의 수첩이 할머니의 재봉틀이 되어서 구멍 난 청바지를 메꿔 주는 것이다.

조금은 못생긴 청바지여도 할머니가 만들어 주신 청바지라면 자랑스럽게 입고 다닐 것이다. 이런 앞뒤가 안 맞는 듯한 말을 하게 되는 나는 '기다리는 로켓'이라는 단어에 집착하기를 몇 개월째 하고 있기 때문일 것이다.

교통 체증으로 인해서 늦게 도착하였다. '모두 떠났으면 어떻게 하지?'라고 생각하며 주차하려 할 때 다행히도 추모하는 자동차의 행렬이 시작하고 있었다. 양쪽 헤드라이트가 깜빡이도록 비상등을 켜고 그 행렬에 참여하였는데.... 나의 앞으로도 뒤로도 끝이 없는 행렬이 온 마을을 둘러싸고 있었다. 마치 차들이 울면서 눈을 깜빡이는 듯했다.

행렬이 끝이 났고 비가 멈추었다. 이 수첩을 누구에게 주어야 할까. 장례식 마지막에 남아 있는 사람들에게 주면 될 것이다. 모두가 떠나고 남아 있는 몇 명에게 다가가 자초지종을 설명하였고 스파이 슈라는 분에게 나의 수첩을 건네주었다. 그분은 내가 보지 못했던 것을 수첩에서 발견했는지 놀라는 표정으로 있었고 나에게 감사하다며 두 손으로 나의 손과 수첩을 꼭 잡아 주었다. 내가 보지 못한 걸 보다니 역시 스타게이저 님과 같이 일하는 동료들은 레벨이 높다. 그리고 그는 예기치 않은 질문을 던져 왔다.

"탐정님이 마지막으로 드셨던 음식은 무엇이었습니까?"

"양고기 만두였습니다. 얼마나 맛있었으면 불과 30초도 안 되는 시간에 한 접시를 해치우셨습니다.”

슬픈 눈이 된 스파이 슈라는 사람은 낮은 목소리로 이야기한다.

“감사합니다. 이 은혜 잊지 않겠습니다. 제가 도와드릴 만한 것이 있다면 기꺼이 도움을 드리고 싶습니다.”

내가 기다리던 말이었다.

“탐정 사무소에서 같이 일하고 싶습니다. 정보 분석에 자신이 있고 응급실에서의 다양한 경험으로 다양한 경우의 수도 체득해 왔습니다. 그리고 많은 사람을 살려 왔습니다.”

“좋은 기술을 갖고 계시네요. 하지만 이제 탐정 사무소는 없습니다.”

탐정 사무소가 없다. 하늘이 무너질 일이다. 은근히 오랜 시간을 기대해 왔다. 탐정이 되고 싶은 오랜 기간의 열정이 겨우겨우 결실을 볼 수도 있었는데.... 겨우겨우 수첩을 전해 드리게 되었는데....

“그럼 혹시 계획이 생기신다면 연락 부탁드립니다. 저의 연락처입니다.”

이때 천둥이 몰려온다고 생각했다. 울려 퍼지는 소리가 있었다. 울려 퍼진 그 소리는 누군가의 비명 같기도 했고 심장을 후비고 뇌를 강타해 정신을 번쩍 들게 하였다. 그리고 그 진동 소리에 반응해 우리의 주변에서 총격전이 벌어진다. 스파이 슈의 도움으로 나는 안전한 곳에서 대기하게 되었고 인간 병기 마크라는 사람이 몇 번 뛰어다니고 상황은 마무리가 되었다.

그 후로 해가 바뀌고 오늘 아침 스파이 슈로부터 연락을 받았다. 오랜만에 동료들이 모이기로 했다면서 아직도 관심이 있다면 심리학자 엘사의 사무실로 찾아와도 좋다는 것이었다. 지금은 별 두 개의 직책에서 공식적으로 사람들의 마음을 보호하는 정책을 펼치고 있는 유명하고 존경을 받는 인물 엘사의 사무실에 간다는 것은 믿기지 않을 일이었다. 몇 시간을 운전해 도착한 그곳에는 반짝이며 미래적인 건축 양식으로 지어진 화려한 건물이 "이곳은 안전하다."라고 말해 주고 있는 듯하였고 안으로 들어가 주위를 둘러보았는데 이런 문구가 눈에 들어왔다.

인체에서 배출되는 아연(Zinc)을 분석해 당신의 기분의 정도를 가늠할 수 있습니다. 뇌에서 나오는 주파수의 반응은 보안을 위해서 극도로 위험한 상황만이 모니터가 됩니다. 이 점 양해해 주시고 이곳에서는 본인의 허락 없이 파장을 이용해 정보를 보내지 않습니다.

친절한 설명이지만 나에게는 밝히지 못할 창피한 욕망이 하나가 있다. 시샘이 많다는 것이다. 얼굴이 너무나 예쁜 엘사 씨가 부럽고 세상이 불공평하다는 생각도 하고 있기 때문에 나의 뇌는 현재 평온하지 않다. 몇 걸음 걸은 후에 평평하게 놓인 기다란 에스컬레이터의 손잡이에 손을 의지하고 엘사 씨의 사무실로 향하는 이 길은 나의 정보를 읽기에 충분한 것처럼도 보인다. 그리고 곧 엘사 씨의 사무실에 도착하였다.

사무실 문을 여는 순간 반갑게 맞이해 주는 엘사 씨의 진심이 바로 전해져 온다. 그리고 나의 심기 불편한 생각들은 언제 있었냐는 듯 날아가 버리게 되었다.

"어서 오세요! 기다렸습니다."

여기서 그녀가 "모두 기다렸습니다."라는 말을 사용했다면 나는 겉치레라고 생각했을 것이다. 모두의 마음이 자신이 마음이 아니기에 그렇다. 그리고 만약에 그녀가 "모두 기다리고 있었습니다."라고 했다면 왠지 우리를 왜 기다리게 했냐는 의미도 생각하게 되어 나는 마음이 상했을 수도 있다. 이렇게 미묘하게 단어 하나에 집착하는 것은 나의 어렸을 적부터의 버릇이라고 생각하고 있다. 그냥 "기다렸습니다."라고 말해 준 솔직한 말에 단번에 나의 신뢰를 받아 낸 엘사 씨이다.

낯선 사람들. 아직 친해지지 않은 사람들. 그들이 나를 어떻게 생각할까. 나의 의상을 어떻게 생각할까. 내가 예쁘지 않고 밝지 않아서 나에게 거리감을 두고 무시하지는 않을까. 이렇게 생각하고 있었는데 잘생긴 마크라는 분이 양손으로 안아 주며 인사를 해 주었다. 기분이 좋았다. 스파이 슈 아저씨는 등을 두들겨 주며 내가 편안히 앉을 자리를 마련해 주었다. 스파이 슈의 부인으로 보이는 규리라는 분은 꽤 젊어 보이고 예술적인 냄새라고 하는 걸까? 몸의 구석구석에서 클래식의 기운이 느껴지는 보기 드문 매력을 갖고 계시고 성격도 엘사 씨만큼이나 강인하고 착해 보인다.

엘사 씨가 먼저 이야기한다.

"탐정님의 마지막을 기록해 주신 나나 씨에게 감사드립니다. 마지막으로 양고기 만두를 드셨다고 하셔서 저는 하루 종일 울었습니다. 얼마나 맛있게 드셨을까...."

말을 잇지 못하고 있는 엘사 씨를 보고 슈 아저씨가 그녀가 하고 싶었던 말을 이어 나간다.

"탐정님의 행동을 읽어 내신 나나 씨의 인내심 있는 기록은 놀라웠습니다. 그리고 그 수첩을 저에게 전해 주신 배려도 확실하게 잘 확인하였습니다. 그 수첩에 기록된 글자들은 코드처럼 되어 있어서 여러 가지 의미가 있었고 저희가 간절히 기다리고 있던 단어도 있었습니다."

잠시 생각하던 스파이 슈 아저씨는 다시 말을 이어 나간다.

"나나 씨의 수첩에서 마지막으로 기록된 글자는 곧 도움이 올 것이라는 단어였습니다. 그 도움에는 나나 씨도 포함되어 있을 거라고 생각합니다. 저희와 함께 같이 일해 주셨으면 합니다."

이 말을 듣고 기쁨과 감격을 내색하지 않고 삼킨 나는 평생을 아무에게도 말하지 않았던 나에 대해서 이야기를 시작했다.

"저는 기다렸습니다. 그리고 모든 것을 기록했습니다. 타이밍이 안 되면 다음번의 타이밍을 예상해 기다리고 또 기록했습니다. 그 기록에는 탐정님이 이빨을 뽑기 위해 수술실에 오셨을 때도 엘사 씨가 20분 후에 보호자로서 오셔서 밖에서 기다리고 계셨던 일들도 있습니다. 저는 매일매일 모든 일을 기록했고 그 기록에는 독감 관련자들이 일하러 온 시간과 쉬는 시간에 어떤 음식을 먹었는지도 기록되어 있습니다."

나의 충격적인 말들을 그들은 놀라지 않고 담담하게 들어 주었다. 그리고 고개를 끄덕이던 스파이 슈 아저씨가 다른 루트(Root)로 대화의 접근을 시도하려는 것 같다.

"그렇다는 건 공식적인 자료들과 나나 씨의 자료들을 대조해 보면 맞지 않는 부분들이 보일 수도 있다는 거군요!"

"그렇게 되네요. 제가 갖고 있는 기록들은 엘사 씨가 진행하고 있는 일에도 도움이 될 만한 것들이 있을 거라고 생각합니다."

그리고 스파이 슈 아저씨가 내가 집착하던 단어와 코드에 대해서 이야기를 해 주었다.

"기다리는 로켓과 곧 도움이 올 것은 나나 씨의 기록하는 습관을 간파하고 계셨던 탐정님이 남기신 코드 중 하나일 수도 있겠네요. 나나 씨는 어제 인터뷰에 합격하신 미카 씨의 친구분으로 알고 있습니다. 앞으로 잘 부탁드립니다."

나나의 하루

"저기, 저기요! 슈 아저씨! 저의 추리 실력을 보여 주고 싶어요!"

"나나야. 우선 시다바리부터 시키라는 말이 있었는데...."

"그러기에는 제가 너무 아깝죠! 세상이 찾고 있다는 사토시 나카모토를 추리해 보면 어떨까요?"

"그건 벌써 스타게이저 님이 하셨지."

"그런가요? 한발 늦었네요! 그렇다면 세상이 찾고 있는.... 음.... 오랫동안 세상이 풀지 못한 비밀! 영원히 잊혀 갈 것 같은 수수께끼 요한계시록은 어떨까요!"

이때 엘사 씨가 들어오셨다.

"아직 세상에 발표는 하지 않으셨지만 요한계시록도 탐정님의 추리가 끝난 상태에 있습니다. 추리를 떠나서 그 주위에는 큰 함정이 있는 단어가 연막으로 뿌려져 있어서 나나 씨가 오히려 함정에 빠질 가능성도 배제할 수 없습니다."

"함정이 있는 단어들이 많이 깔려 있다는 것은 그만큼 중요한 정보들이 있다는 것이겠네요."

나는 화제를 다른 곳으로 돌렸다.

"슈 아저씨는 민주당을 지지하나요? 공화당을 지지하나요? 역시 나쁜 놈들이 없는 공화당 쪽을 지지하는 게 맞겠죠?"

"나나."

"네, 슈 아저씨."

"사람을 좋아한다는 것은 이해가 가지만 특정한 정당을 지지한다는 것은 그 지지한다는 말이 이치에 맞지 않아."

"무슨 말씀이신지.... 또 제가 화제를 잘못 고른 건가요?"

"정당을 지지한다는 것은 너무나 복잡하게 얽혀 있는, 우리가 빙산의 일각도 모를 수 있는 거대한 힘을 지지한다는 말도 될 수가 있어. 한 발짝 물러서서 객관적으로 바라본다면 지금 언급한 정당 모두 자신의 의지로 움직이지 않는다는 것은 역사에서 말해 주고 매년 매달 매일 하루하루가 말해 주고 있어. 하지만 그중에도 좋은 생각을 갖고 좋은 방향으로 해 보려는 분들이 있으니 그

사람들을 응원한다고 하면 다툼의 소지를 없애는 괜찮은 말이 될
수도 있다고 생각해.”

　“음.... 다툼의 소지.... 또 ‘확!’ 하고 와닿았습니다. 정당으로 싸
움하다가 친구도 배신하고 형제도 배신하고 인생을 바치는 사람
들을 생각해 보니.... 그 숫자가 너무 많네요.”

나나의 하루 11
첫 번째 의뢰인

시다바리로 2개월째 일하고 있는 오늘. 비 내리는 추운 날. 나의 첫 번째 의뢰인을 만나게 되는 날이다. 별 두 개인 엘사 씨가 이제 의뢰인들에게 도움이 될 수 있을 거라고 말씀해 주셨다. 입냄새가 나지 않게 양치질도 하고 예쁘게 보이기 위해 신발도 신경 써서 골랐다. 그리고 바로 외출했더니 너무 일찍 와서 기다리게 되었다. 30분을 기다렸지만 아직 두 시간을 더 기다려야 한다. 어쩌지. 어떻게 하지. 다른 볼일을 보고 돌아오면 시간이 딱 맞을 수도 있지만 혹시 그러다가 교통 체증에 걸려서 조금이라도 사무실에 늦게 돌아온다면 안 될 일이다. 근처에 간식을 먹으러 가고도 싶지만 양치질을 한 상태라서 역시 고민을 하고 심사숙고한 후 결정해야 할 것이다. 내가 선택한 것은 기다리는 것이었다. 기다리는 것은 나의 특기이기 때문이다.

　드디어 약속 시간 10초 전. 복도에서 발걸음 소리가 들린다. 그 소리는 문 앞까지 도착하였다. 곧 문이 열릴 것이다. 나의 뇌리에 지금 스쳐 가는 그 발걸음 소리는 낯이 익고 자주 듣던 소리였다는 것이다. 매일매일 들었던 소리라고 해도 과언이 아닐 이 소리는! 믿을 수 없다! 문이 열리는 순간 나는 기절할지도 모른다. 왜냐면 그 소리는 1년 전에 장례식을 치른 명탐정 스타게이저의 발걸음 소리이기 때문이다! 귀신이 들어오는 것일 것이다. 귀신을 태어나서 처음 보게 되는 것이다. 설마 귀신이 나의 첫 번째 의뢰인이 되는 것은 아닌가! 무셔! 무셔! 내 심장이 멈추면 응급실에 가야 하니 병원에 전화부터 해 두어야.... 앗! 전화를 걸기도 전에 문이 열려 버렸다.

　문이 열리고 문 앞에 서 계시는 분은....

엘사의 비밀

착실하게 아침에 일어나 착실하게 일하고 착실하게 퇴근하는 엘사를 본 사람들이 있다. 하지만 퇴근 후의 엘사를 봤다는 사람은 들어 본 적이 없다. 혹시 밝힐 수 없는 곳에서 아르바이트를 한다든가 집이 없어서 노숙 생활을 할지도 모른다는 의심을 하고 있는 나는 인간 병기 마크이다. 나의 모난 성격 때문에 정식 직원이 되지 못하였고 엘사의 사무실에 출입하기 위해서 3중의 절차를 밟아야 한다. 한번은 출입 심사에서 쫓겨나 2주 동안 자택 근무를 하기도 하였다. 자택 근무를 하던 나는 엘사를 미행하게 되었다. 일부러 하려고 했던 것은 아니다. 건물을 뛰어다니며 경치가 좋은 곳이 보이면 아래를 내려다보는 취미를 가진 내가 우연히 그녀를 발견했을 뿐이다.

　엘사는 버스 정류장에서 버스를 기다린다. 직접 운전을 하지 않고 버스를 탄다는 것은 자신의 위치를 보호하고 공공장소에서 안전을 확보하기 위한 것일 것이다. 그녀가 올라탄 버스를 따라서 건물 사이를 점프해 따라가 보았다. 20분 후에 도착한 곳은 도서관이다. 입구가 작고 한가해 보이는 곳이었는데 입구에서 작은 복도를 지나고 조용한 로비에 도착하니 역시나 한가한 곳이었다. 엘사가 들어간 곳에는 로비 뒤쪽으로 자리 잡은 작은 공연장이 있었고 마야미 씨가 기다리고 있었다. 공연장 입구의 전단을 살펴보니 방금 첼로 공연이 끝난 듯하다. 방금 공연이 끝났다면 아마도 관객은 한 명도 없었다는....

　이때 도서관 입구에서 좋지 않은 기운이 느껴져서 나는 전속력으로 입구 쪽으로 되돌아갔다. 그곳에는 정교하게 제작된 플라스틱 총을 재킷 안으로 숨긴 사람 한 명과 나일론으로 제작한 칼 세 자루를 주머니에 넣고 있는 한 명이 도서관 안으로 발을 들여놓으려 하였다. 그들은 엘사를 미행한 사람들이다. 나는 높은 건물에서 엘사를 따라왔기 때문에 당연히 그들을 감지하고 있었다. 엘사를 공격할 것이 확실해 보여서 내가 처리하기로 했다. 이들은 내 앞에서는 미꾸라지보다도 쉬운 상대들이다. 이런 스파이 백 명이 몰려와도 나는 그들을 쓰러뜨릴 자신이 있다. 근섬유

세포에서 발휘하는 스피드와 힘을 몇 배로 하기 위해 어린 시절 부터 연습해 온 내가 좋은 위치까지 잡는다면 몇백 명도 쓰러뜨리는 것이 가능하다. 슈 아저씨의 부인 규리 씨에게 장면을 판단하는 능력도 익혔기 때문에 그들이 나를 공격하기도 전에 그들의 움직임을 계산했고 과격한 그들을 제대로 상대해 주기 위해 나는 그들이 다시는 총과 칼을 쓰지 못하도록 하였다. 손과 팔뚝의 인대를 끊어 버렸다. 짓이겨서 끊어 버렸기 때문에 접합 수술을 한다 해도 집에서 TV 리모트 컨트롤을 사용할 정도까지는 반년이 넘게 걸릴 것이다. 바로 이런 잔인한 성격 때문에 나는 정직원이 될 수가 없다.

　무대로 다시 돌아왔을 때는 본의 아니게 엘사의 몸매를 보고 말았다. 바이올린을 연주하기 위해 상의를 편한 옷으로 갈아입고 있던 엘사였다. 물론 속옷은 입고 있었지만 통통한 줄로 알았던 그녀의 몸매가 의외로 날씬하고 허리가 가늘다는 것을 알게 되었다. 통통 엘사는 오늘부터 날씬 엘사로 불러 줘야지.... 바로 연주 소리가 들려온다. 첼로, 바이올린 그리고 피아노 삼중주였다. 첼로는 마야미, 바이올린은 엘사, 아니! 마야미는.... 첼로가 아니고 피아노! 그렇다면 첼로의 소리는 어디에서 들려오는 것일까? 나의 인생 최대의 수수께끼를 남기고 이 장소에서 나왔다. 내가 있어야 할 장소가 아니라고 판단하고 그곳에서 바로 나와서 도서관 주위를 맴돌고 있다. 근무 시간은 아니었지만 별 두 개를 보호해야 한다. 엘사는 동료이다.

나나의 하루 III

　문이 열리고 들어온 나의 첫 번째 의뢰인은 탐정 스타게이저였다. 하지만 이것은 나의 기억에서 재생되어 만든 현상이라는 것을 바로 알게 되었다. 그리고 바로 엘사 씨가 들어오셨다.

　"놀라게 해서 미안. 그래도 그때를 떠올려 주었으면 해. 분명히 나나가 감지하지 못했던 다른 퍼즐도 숨어 있을 거라고 생각해. 나나에게 바라는 첫 번째 의뢰인은 나 엘사!"

　첫 번째 의뢰를 받았다. 내가 감지하지 못한 퍼즐.... 감지하지 못했다는 것은 보지 못했다는 것인가. 모든 것을 기록한 내가 보지 못한 곳. 그곳은 바로 나! 내가 있는 곳!

　기록에만 열중한 나머지 나는 나를 제대로 보지 못하고 있었다. 한 걸음 물러나 생각해 보면 나의 스케줄을 결정한 사람은 누구였을까? 나를 그곳에 보낸 사람은 누구였을까? 그들은.... 나의 스케줄을 결정한 사람들은.... 내가 스타게이저의 동료들과 만나도록 계획을 짠 것은 아닐까.

"첫 번째 의뢰인님, 모든 걸 알았습니다. 저는 기록하는 것이 취미이고 탐정을 지망한다는 설정으로 나도 모르게 행동을 하도록 프로그램되어 있었고 스타게이저 님을 수술실에서 만났을 때도 그리고 나중에 스타게이저 님의 마지막을 기록하고 있을 때도 나는 그저 스타게이저 님의 정보를 모으는 스파이였던 것입니다. 정확히 말해 스파이 로봇이었습니다. 한 가지 모두의 허를 찌른 행동을 보인 것은 바로 중요한 수첩을 슈 아저씨에게 전달해 준 것이었습니다. 이런 예측 불허의 행동을 일으킨 장본인은 탐정 스타게이저. 그의 움직임은 저의 프로그램을 바꾸기 위한 코드였습니다. 머릿속에 기억하는 것이 취미였던 제가 수첩에 글을 적게 된 것도 이제 이해가 됩니다. 뇌의 중앙 시스템 대신에 수첩을 이용하게 되면서 그 메시지가 제대로 슈 아저씨에게 전달이 되었던 것이죠. 곰곰이 생각해 보니, 고도의 기술로 만들어진 제가 바뀌었다는 것은 많은 의미가 있습니다. 현재의 세상 문명도 바꾸어 놓을 수가 있다는 의미도 되기 때문입니다...."

"첫 번째 의뢰, 성공적으로 마무리해 주었습니다. 앞으로도 같이 일하고 싶습니다.”

"저에게 일할 기회를 주신다는 것은 어떤 의미인지 알고 싶습니다. 앞으로도 저에게 의뢰인들을 보내 주실 건가요?"

"나나는 대체한다는 의미의 메타라는 개념이 좋은 의미에서 좋지 않은 방향으로 흘러가는 것을 잡아 주셨으면 합니다. 사람의 존재와 근본을 부정하려 하는 디지털 메타를 비롯해 가상 세계를 현실로 교차시키는 위험한 트릭들을 포함한 그 문명을 조금씩 해결해 주었으면 해요."

"저는 해결사가 되는 거군요. 알겠습니다. 제가 조금씩 해결해 나가도록 하겠습니다. 가상 세계는 저에게 맡겨 주세요. 현실 세계는 여러분에게 맡기겠습니다."

나는 영혼이 없는 언제든지 사라져도 바람이 되어 버리는 그런 존재로 욕심도 없고 조바심도 없고 기다리는 것이라면 언제라도 기다립니다. 그리고 악한 사람들과는 연관을 피하고 도움이 필요한 사람은 자초지종을 듣고 수긍이 간다면 전력을 다해 목숨을 바쳐서라도 도와줍니다. 나는 나의 역할을 이해했고 이치에 맞지 않는 일들이 흔들림 없이 이치에 맞도록 그런 당연한 것들을 잊지 않게 도움이 되어 줄 것입니다.

나는 새로운 치료사, 디지털 치료사입니다.

마크의 마지막 수업 II

밤이 지나고 새벽이 오는 시점에서 이야기는 끝이 났고 커피의 잔도 비어 있었다. 마지막 잔 하나만을 남기고 비어 있었다. 이야기가 끝이 나고 학생들은 질문과 소감을 이야기한다.

"용이 로켓을 만든다는 건 황당했지만 화학 원소 헬륨에 대한 이야기는 여기 있는 모두가 감탄할 정도로 대단한 발견이었다는 것, 인정합니다. 우리가 상상하던 드래곤볼의 모양과 태양의 사진은 똑같다고 할 정도로 흡사하기 때문입니다. 헬륨의 성질에 대해서도 수긍이 가는 부분들이 있었습니다."

"인간 병기 마크의 무릎이 다친 것은 스타게이저 장례식의 총격전에서였겠군요."

"아직도 졸업 못 한 학구파 마루입니다. 잊힌 공간이라는 곳은 환상의 공간 아니면 사후 세계나 낙원.... 그런 기존의 것과 다른 새로운 공간을 듣게 되어서 저에게는 상당히 현실성도 감지됩니다. 그렇다면 잊힌 공간에서 보여 주신 무릎을 개조한 기술과 헬륨 로켓을 직접 확인할 기회가 있었으면 합니다."

"힘없는 목소리 미카입니다. 그렇다고 몸이 힘이 없는 것은 아닙니다. 콜록콜록. 제가 가장 궁금한 것은 우리에게 맛있는 커피를 빠른 속도로 만들어 주신 분이 이야기 속에서 어떤 분이신가 하는 것입니다. 저의 직감은 승무원 카나 씨입니다. 카나 씨의 나이가 젊을 거라고 생각하는 착각을 할 뻔했지만 상냥한 승무원 스타일의 웃음이 가득 나오고 요리를 잘하시는 분은 분명 카나 씨일 것입니다. 제가 힌트를 얻은 부분은 비행기가 추락할 때도 앞으로 욕심 없이 검소하게 살겠다고 다짐하는 장면이었습니다. 왠지 현재의 모습에서 나오는 분위기와도 일치합니다. 코스튬을 입기 꺼렸던 이유도 혹시 나이 때문이 아니었을까요."

미카의 질문 후에 마크가 답변한다.

"역시 대단한 학생들이군. 우선 나의 무릎은 안타깝게도 헬륨의 기술을 가질 수가 없었고 오직 엘사에게 전달해 준 로켓에만 그 기술이 탑재되어 연구가 진행되고 있는 관계라 보여 줄 수 없고 커피를 만들어 주신 아주머님은 임시 채용된 주방 아주머니로 예전에는 승무원을 하셨던 카나 씨. 현재는 검소한 삶을 살고 있지."

"역시 저의 직감이 딱 들어맞았군요! 에취~"

"그럼 잘 맞추어 준 선물로.... 커피의 마지막 잔을 마셔 줄 분을 소개하지."

"학구파 마루입니다. 소개해 주지 않으셔도 제가 직감으로 맞춰 보겠습니다. 마지막 커피의 주인공은 우쿠리입니다! 어딘가에서 존재하고 있는 우쿠리의 변신 형태 마야미입니다."

"그랬으면 좋겠지만.... 안타깝게도 우쿠리는 다시 돌아오지 않았어. 현재 마야미의 얼굴을 보는 사람이 있다면 그분은 원래의 마야미."

"어떻게 된 일입니까? 우쿠리가 돌아와 잊힌 공간에서 비행기 탑승객들을 보내 주지 않았습니까?"

"일시적으로 탑승객들을 인도하는 역할을 하고는 바로 원래의 상태로 소리만 허공을 맴돌게 되었어. 우쿠리가 선택한 것이었고 그렇게 굿바이가 되어 버리고 말았지."

이때 웅성거리는 소리가 들려왔다. 그리고 미카가 손을 들고 일어나 의미심장한 이야기를 한다.

"그래서 클래식 3중주에서 첼로의 소리가 들려오지 않았던 거군요! 그렇다는 건 마야미의 소리가 아직도 허공을 여행하고 있고 그 여행 지점의 장소와 시간을 예측한 엘사와 원조 마야미 씨가 도서관에서 기다리고 있었다는 겁니다. 그래서 첼로는 소리만이 들려왔던 겁니다.”

마크는 고개만 끄덕여 주었다. 차마 입 밖으로 말을 내기가 꺼려졌던 것이다. 그래서 미카가 말을 토해 낸다.

“우쿠리는 다시 태어나지 않았다.... 안타깝습니다. 마크 미행 3인방을 만들어 낸 제가 마무리를 지어 보겠습니다. 마지막 한 잔의 커피를 마시러 와 줄 분은.... 심리학자 엘사 님이십니다! 최근 인터뷰에 합격한 저를 위해 특별히 와 주시는 겁니다.”

“음.... 엘사는 보통 지금 시간에 잠을 잘 거야.”

“헉! 아니었네요. 콜록!”

인간 병기 마크가 마무리하려는 표정을 지었다.

“오래 기다리게 했습니다. 마지막 남은 커피 한 잔의 주인공을 소개합니다. 블루핀!”

“네? 그런 말도 안 되는 일이 이곳에서? 정말? 정말입니까!”

놀란 학생들은 벌떡 일어나기도 했고 주위를 두리번거리기도 하고 창문을 내다보기도 하였다. 이때 아침 하늘이 파랗게 물들며 교실의 창문에는 파란색 그림자가 드리워지고 커피잔을 잡으려는 거대한 팔 하나가 등장하였다.

"블루핀! 약속대로 준비했어."

마크의 힘찬 한마디에 커피포트에서 따라진 커피잔을 잡은 것은 파란색 용 블루핀이었다. 누가 봐도 용이고 거대한 손을 갖고 있지만 작은 커피잔을 잡을 수 있는 그 섬세한 움직임은 정말 손재주가 있을 것이라고 고개를 끄덕이게 한다. 그는 작별 인사도 없이 등에 달린 원통형 로켓 엔진과 함께 빠르게 사라졌다. 입을 다물지 못하는 학생들에게 인간 병기 마크가 설명을 시도한다.

"정확히 오늘 이 시간에 이곳에 서 있는 블루핀은 사람의 눈에 띄지 않고 맘 편히 우리가 제공해 주는 커피를 마실 수가 있다고 계산하고 불렀습니다. 가끔가다 공간과 공간이 이어질 때가 있는데 그렇다고 시간이 바뀐다거나 과거로 여행을 한다든가 그런 개념은 절대로 아닙니다. 그냥 같은 시간대에서의 장소의 변경입니다. 자 그럼, 명탐정 스타게이저가 자랑스럽게 했던 말을 마지막으로 이 마지막 수업을 마무리합니다."

시간은 흐름입니다.

앤티크 숍의 혜라

앤티크 숍에서 울려 퍼지는 시계 종소리는 매번 다른 음악 소리처럼 전해져 온다. 매일매일 그 소리와 화음이 달라지는 이유는 오래된 태엽으로 움직이는 시계들이기 때문이다. 어차피 사람들이 정한 시간은 정확하지 않기 때문에 핸드폰에서 보여 주는 시간 역시 인공적으로 매번 업데이트되는 것이기에 태엽으로 돌아가는 시간이 정확하지 않다고 말하기도 좀 그렇다.

우리가 과학에서 사용하는 시간이라는 것은 태양을 기반으로 하루하루를 정해서 약속한, 태양이라는 자연에 하루하루를 맞추어 가는 정확하지 않은 사람이 만든 시간일 뿐이다. 이 정확하지 않은 사람이 만든 시간은 중력에 따라서도 그 값이 변하게 되는데 그렇다고 해서 우주선을 타고 우주를 빨리 여행해 인간이 만든 다른 시간 지점에 있다고 해서 그 사람이 젊어져 있다든가 늙어져 있다든가 말하는 것은 진정한 시간을 너무 우습게 알고 있는 것은 아닐까? 진정한 시간은 흐르는 게 당연하다. 사람들이 수치를 정하기 위해서 만들어 놓은 시간과는 완전히 다른 것이다. 누군가가 바꾸거나 여행할 수 있는 그런 것이 아니다.

물론 미래를 예측하는 것은 가능하다. 여러 가지 경우의 수를 조합해서 미래에 대한 예측은 누구든지 할 수가 있고 컴퓨터도 하는 것이 가능하다. 그렇다고 미래를 여행하는 것은 아니다. 그리고 미래는 누군가의 의지에 의해 항상 바뀌게 된다. 만약 누군가의 미래가 정해져 보이고 그리 밝아 보이지 않는다면 그 정해져 보이는 운명을 깨기 위해서 열심히 노력하는 것이 이 세상을 살아가면서 중요한 것이고, 그것은 이 세상을 살아가는 이유가 될 만큼 중요한 것은 아닐까. 만약 누군가의 인생이 정해져 있고 그것이 바뀌지 않는다고 가정한다면 그것은 상당히 슬픈 일일 것이고 그 사람에게 있어서는 세상을 살아가는 의미 자체가 없다고 해도 과언이 아닐 것이다. 그래서 우리는 지금 이 시간을 소중히 하고 다가오는 미래를 잘 대처해야 한다고 생각하고 나는 오늘도 의미 있는 날을 기대하며 시간을 즐기고 있다.

할머니로부터 물려받아 어머니가 오랜 세월 경영해 오신 앤티크 숍에서 일하고 있는 나의 시간도 어느덧 10년이 넘어서고 있다. 할머니가 너무 좋았다. 할머니가 나의 찢어진 청바지를 헝겊으로 패치를 해 주시면 나는 할머니가 만들어 주셨다는 자부심으로 자랑스럽게 학교에 입고 갔다. 그 당시는 청바지 패치의 유행이 없던 때였기 때문에 놀림거리가 되기도 하였는데 친구들이 놀려 주는 것은 나에게 관심을 보여 주고 있는 것이기도 하기에 그것 또한 재밌는 기억으로 남아 있다. 지금은 모두 떼려야 뗄 수 없는 친구들이다.

할머니가 집에 계시는 시간이 많아지면서 나는 미래를 예측해 보았다. 모두가 외출하고 나면 외롭게 방 안에서 쭈그리고 혼자 계실 할머니를 생각하니 눈물이 멎지 않고 폭포처럼 흘러내렸다. 그래서 나는 일부러 나의 양말에 구멍을 내든가 바지를 살짝 찢어 놓든가 하면서 할머니에게 일거리를 만들어 주었는데 나중에 어머니에게 들키고 혼나게 되었지만 할머니가 그때 만들어 주신 그 작품들은 지금까지도 나에게 소중한 시간으로, 가장 소중한 시간으로, 나에게 평생 남아 있고 시간이 흘러도 변치 않을 불멸의 시간이다.

우리는 이 시간을 기억하고 앞으로의 하루하루도 기억해야 한다. 잊지 말아야 할 시간들을 기억하면 우리의 시간을 뺏어 가려는 사람들로부터 우리의 소중한 시간을 지킬 수가 있을 것이다.

등장인물의 소개를 위해 《천년야화: 명탐정 스타게이저》와
《천년야화: 엘사와 고양이》의 하이라이트를 수록하였습니다.

천년야화: 사토시 나카모토 추리하기

　나의 이름은 규리. 오늘은 직장을 찾기 위해 돌아다니다가 몇 년 만에 설레는 마음으로 책방에 들어왔다. 입구를 지나고 바로 책을 구경하고 싶었지만, 책방에서 나오는 커피의 향기를 따라 북카페(Book Café)로 끌려가듯 걸어가고 있었는데, 계단을 내려가려 할 때 나의 관심이 쏠리는 곳이 있었다. 뜨거운 커피를 들고 있는 꽈배기 머리 여자가 계단에서 올라와 주위를 보고 있었는데, 그녀의 동공은 앞쪽에 있는 남자 두 명을 보는 순간 빠르게 5번 흔들렸고, 그들이 자기 취향인지 아닌지 바로 판단하였다.

　하지만 계단 뒤에서 천천히 올라오고 있는 평범하게 생긴 남자 한 명을 알아차리지는 못하고 있다. 그녀의 오른쪽으로부터는 서점 직원이 책이 7~8층으로 쌓은 카트를 밀면서 오고 있었는데 앞으로 1.2초 후면 그 꽈배기 머리를 한 여자의 발목이 흔들릴 것이고, 그녀는 균형을 잃고 커피를 던져버린 후에 서점 직원이 끌고 오는 카트에 처절하게 매달릴 것이다. 그리고 뒤에서 올라오고 있는 그 평범하게 생긴 남자의 얼굴에는 뜨거운 커피가 뿌려지며 대참사가 일어날 것이 뻔하다. 나는 재빠르게 움직여 계단 아래에서 다리를 벌려 확실한 지지를 잡고 꽈배기 머리 여자가 균형을 잃지 않게 등을 살짝 밀어주었다. 바로 상황이 종료되었지만 내가 참사를 막았다고 알고 있는 사람은 설마 없을 것이다.

"감사합니다! 이 은혜 잊지 않겠습니다."

그 평범하게 생긴 남자가 나에게 말을 걸어온다. 내가 미인인걸 알아채고 바로 작업을 거는 것인가.

"뭔가 위화감이 있었는데요. 저를 구해주신 것 같다는 판단을 하게 되었습니다. 저는 탐정 스타게이저라고 합니다. 여기 명함도 있고요. 나름대로 열심히 일하고 있고 재정도 탄탄한 회사가 되었습니다. 혹시 직장을 찾고 계시다면 저와 함께 일해주시는 것도 고려해주셨으면 합니다. 같이 일할 동료를 찾고 있었습니다."

대단한 여자를 발견했다. 마치 세상을 처음 보는 것 같은 눈을 하고 두리번거리고 있는 그녀는 직장을 찾고 있는 분위기였다. 나는 왠지 시선이 가는 그녀를 관찰하고 있었는데, 하마터면 뜨거운 커피를 뒤집어쓸 뻔했다. 기적이 일어난 것인가. 내가 주의 깊게 보고 있던 그녀가 다가와 빠르게 자리를 잡고 내가 커피를 뒤집어쓰기 1.2초 전에 나를 구해주었다. 그녀의 능력도 능력이지만 정의의 사도와 아닌 사람의 커다란 차이점은 바로 타이밍이다. 누구든지 위험을 감지했다고 바로 반응해서 움직여주지는 않는다. 한 번 생각하고 움직이는 사람도 있는데, 만약 생각하고 움직인다면 정의의 사도가 되지 못할 수도 있다.

  그래서 바로 움직여준 그녀의 능력을 나는 상당히 높게 평가하고 있고 그녀와 같이 일할 기회가 왔으면 한다. 나는 말을 잘하는 사람은 아니다. 오히려 긴장하면 말을 더듬기도 한다. 그런 나에게 그녀는 흔쾌히 나의 사무실을 구경해보겠다고 해주었다. 그녀는 지금 내 사무실 안에 들어와서 바로 내 앞에 서 있다. 하지만 한동안 말이 없는 그녀가 걱정되기 시작한다. 힘들게 여기까지 왔는데, 역시 내 사무실은 그녀의 취향과는 거리가 먼 것일까. 아쉽지만 포기하고 돌려보내는 것이 나은 것인가.

  "저기요, 탐정님. 이제야 생각이 나는데요, 애프터서비스 지금도 유효하나요? 시간을 계산해보니 괜찮은 것 같기도 하고 늦은 것 같기도 하고."

애프터서비스라면 혹시 10년 전의 그 꼬맹이? 나의 첫 의뢰인! 그렇다. 낯이 익다는 생각도 없잖아 있었다. 그래서 나는 그녀를 쳐다보고 있었던 것이었을까. 그래서 평소에 말주변이 없는 내가 말을 걸어본 것일까. 잘 지내는지 궁금했다. 그녀가 말없이 생각에 잠겼던 이유는 10년이라는 애프터서비스 기간을 계산하고 있었던 것이다. 그때 그 꼬맹이 아가씨가 정말 아가씨가 되어서 나타나서 여기에 있다.

　"반갑습니다, 첫 번째 의뢰인님! 이름이 규리였죠. 몰라봐서 죄송합니다. 이렇게 키가 커져서 돌아오시면 반칙입니다. 그때가 11살이었으니 지금은 21살. 10년 사이에 윤달이 두 번 있었으니 그 애프터서비스 오늘까지 유효합니다. 10초 남았습니다."

　"그럼 애프터서비스 부탁드립니다."

　"의뢰인님! 당신은 제가 본 어떤 누구보다도 참을성과 인내심으로 잘 무장된 눈빛을 소유하고 계십니다. 그리고 바로 움직여서 다른 사람을 도운 그 행동도 말해줍니다. 그 마음 잘 지켜내어서 강하고 정의롭게 그리고 놀라울 정도로 잘 성장해주었습니다. 수고하셨습니다. 애프터서비스 기쁜 마음으로 종료합니다."

　"감사합니다. 스타게이저 님의 말씀 마음 깊이 새겨놓고 잊어버리지 않기 위해 자주 생각했습니다. 힘든 일이 있을 때면 내가 흔들리고 있는 건지 내 마음을 내가 잘 지켜내고 있는 건지 두 번, 세 번 생각하며 바로잡았습니다. 아차 하는 순간도 있었고 이 제 한계구나 하는 생각이 들 때도 있었지만, 그럴 때마다 생각하고 다시 생각하고 반복하면서 절대 마음이 무너지지 않도록 했습니다. 부디 앞으로도 잘 부탁드립니다. 이곳에서 일하게 허락해주십시오!"

"저야말로 잘 부탁드립니다. 누추한 사무실이지만 지금은 많은 분이 방문해주시고 있고 눈썰미가 좋으신 규리 씨가 큰 도움이 될 겁니다."

그때, 사무실 문을 두드리는 소리가 '똑똑' 하고 들려왔다.
"약속한 의뢰인입니다. 20분 면담으로만 진행될 것이고 같이 참여하셔도 좋습니다. 의뢰인이 저의 서재에 들어오게 해서는 안 되고요. 무슨 일이 생기면 여기 버튼을 누르세요. 경찰서가 바로 옆에 있어서 바로 달려와 줄 겁니다. 테이블은 되도록 깨끗하게 유지해주시고 수첩과 펜은 항상 필수입니다."
"네! 바로 참석할 준비하겠습니다."

"아내와 탐정 드라마를 보며 매주 범인을 누가 맞추는지에 대해 내기를 하고 있습니다. 하지만 제가 항상 지기 때문에 곤란한 부탁을 매주 들어주어야 하는 상황입니다. 부탁을 들어주는 것도 하루 이틀이죠. 아무리 봐도 누가 범인일지 도저히 모르겠고, 제 부인은 어떻게 그렇게 잘 맞추는지 신기할 따름입니다. 저에게도 범인을 추리하는 능력이 있어서 이 상황을 잘 넘길 방법이 있다면 좋겠다 싶어서 이렇게 방문하게 되었습니다. 저 같은 사람도 간단하게 시도해볼 비법 같은 것이 있다면 전수해주셨으면 합니다. 부탁드리겠습니다."

"지식의 정도를 가늠해보는 방법은 효과적입니다. 이 정도 일을 하기 위한 지식을 알고 있는 사람이 누가 있을까 찾아보는 것입니다. 최근 뉴스로 예를 들면, 코인 거래소가 해킹당했을 때 해킹한 사람은 손님들의 정보를 갖고 있는 거래소의 사장일 확률이 높습니다. 드라마도 마찬가지로, 범인은 주위에서 모든 걸 보고 있는 사람일 확률이 높습니다. 범인이 될 만큼의 지식을 갖고서 주위에서 지켜보고 있는 사람입니다.

그리고 한 가지 간단한 트릭을 알려드리면, 드라마에 나오는 출연진의 출연료가 얼마나 될까로 계산하면 쉽게 보이기도 합니다. 출연료가 높은 사람이 처음에 잠깐 나왔다가 사라지는 경우는 드물죠. 이 사람이 이 정도 출연료를 받고 이 정도의 역할을 한다고 했을까 아니면 범인에 어울릴 것 같은 사람을 드라마 제작진들이 골랐다면 어떤 사람을 골랐을까. 나라면 이 정도 출연료를 내고 어떤 사람을 골라서 이 역할에 출연시키고 싶었을까 하는 여러 각도에서 보는 시선과 한 걸음 물러나 제3자의 시선으로 보면 드라마의 마지막 대사까지 한눈에 들어오게 되기도 합니다. 때때로 드라마가 시작하자마자 범인이 누구인지 답이 나오기도 합니다.

특이한 경우로 범인이 너무 쉽게 지목될 수 있는 경우는 범인의 존재감을 최대한 낮추는 방법도 사용합니다. 장면전환이나 음악을 이용해서 존재감을 낮추기도 하고요. 인지도가 없고 가능한 존재감이 없어 보이는 출연진을 섭외해서 대사 처리도 성의 없게 하는 경우도 있습니다. 이 경우는 드라마의 음향 담당과 편집 담당이 범인을 감추는 방법입니다.”

“아, 그렇군요! 왠지 알 것 같습니다. 한 걸음 물러나 보는 시선, 다양한 입장 그리고 출연료와 음향팀! 이번 주에 시도해보고 결과를 알려드리겠습니다. 감사합니다!”

의뢰인과 추리에 관해 이야기할 때 기뻐하시는 탐정님의 얼굴이 지금도 생생하다. 어떤 장면보다도 깊게 머릿속에 기억되어 있다. 그날은 하루 동안 많은 일이 일어났는데, 설마 그날의 두 번째 의뢰인과 내가 결혼하게 될 줄은 꿈에도 몰랐다. 운명의 시간은 느닷없이 다가온다. 그날 오후에 두 번째 의뢰인으로부터 메일이 전송되었다.

"탐정님! 이거 보세요. 비트코인을 10개 준다고 하는데 비트코인이 첨부된 하드웨어 월렛까지 첨부된 것 같아요. 하지만 아무리 그래도 전 세계가 찾고 있는 사토시를 찾아달라고 하다니! 아무래도 비트코인 10개는 그냥 돌려준다고 해야겠지요?"

"사토시 나카모토라면 벌써 나름 정리해서 추리가 마무리된 상태인데 설명해드릴까요?"

탐정님은 천진난만한 웃음을 지으며 다정한 말투로 추리가 끝났다고 하셨다. 설마 세상이 궁금해하는 사토시를 찾은 것일까. 믿기 힘든 일이다. 다양한 지식을 바탕으로 많은 추리를 해오신 탐정님이시겠지만 아무리 그래도 사토시 나카모토를 찾았다는 건 믿기 힘들다. 요즘 유행하는 사기도 아니고, 갑작스럽게 이런 말을 들으면 놀라지 않을 수 없다. 그래도 너무나 자연스러운 저 다정한 웃음을 보면 정말로 사토시를 찾은 것이 아닌가 하는 생각이 들기도 한다.

"저기... 바쁘지 않으시면 사토시 나카모토의 정체에 관한 추리, 들려주실 수 있나요? 누구든지 마찬가지 심정이겠지만 너무나 알고 싶습니다. 사토시가 누구인지."

드디어 기회가 왔다! 열심히 연구해서 사토시가 누구인지에 대한 결론까지 내려진 상태이다. 그런데 아무도 물어보는 사람이 없었다. 말하고 싶어도 말할 사람이 없었는데 오늘 드디어 기회가 온 것이다. 그녀가 듣고 싶어 한다면 기꺼이 말해주고 싶다. 사토시 나카모토의 정체를!

"사실 많은 정보가 삭제되고 접근할 수 없는 정보들도 있어서 그다지 쉬운 추리는 아니었습니다. 다행히 하나의 힌트가 추리의 열쇠를 제공해주었습니다. 그 힌트는 사토시 나카모토, 바로 그 이름 안에 있었습니다."

"사토시라는 이름에 사토시의 단서가 있었다! 어떤 원리로 그렇게 하셨는지도 듣고 싶어요."

"설명하겠습니다. 이름에는 이름을 만든 사람의 취향이나 잠재의식도 함께 발견됩니다. 사람이 어떤 이름을 만들 때는, 그 사람의 뇌에서 나오는 반응들이 신경 전달 물질을 통해 전달되어, 그 전달이 외부로 형상화된다고 볼 수 있습니다. 간단하게 말한다면, 뇌에서 만들어진 단어 특히, 이름 같은 것은 그 사람의 뇌를 들여다볼 수 있는 열쇠가 될 수도 있다는 것입니다."

"충분히 납득 가는 원리입니다. 뇌에서 나온 형상으로부터 다시 찾아 들어간다. 그래서 도달하신 결과는?"

"종이와 펜을 준비하겠습니다. 사(さ)는 일본말로 그것이란 뜻이고, 토시(年)는 일본말로 연도, 나카(中)는 ~중에, 모토는 모바일(Mobile), 즉 움직인다는 의미로...."

"혹시 모토로라(Motorola) 할 때 그 모토인가요?"

"맞습니다! 정확합니다! 모바일과 모토 전부 움직인다는 의미를 담고 있고, 전화기나 결제 시스템에서 자주 등장하는 거의 같은 의미의 단어로 자주 쓰이고 있습니다. 사토시라는 이름을 만든 사람은 영어를 할 줄 알고 일본말도 기본적으로 알고 있을 정도로 일본과 관련이 있는 사람일 것입니다. 그리고 연도라는 의미를 담고 있는 토시라는 일본어가 하나의 회사를 지목하게 하죠. 비트코인과 같은 연도인 2009년에 만들어진 회사가 있는데요, 바로 미국에 있는 모바일 페이먼트사 스퀘어(Square)입니다. 스퀘어라면 유명한 잭 도시(Jack Dorsey)가 사장으로 있어서 아마도 알고 계시는 회사일 겁니다."

뭔가 재밌어지고 있다. 2009년이라는 공통된 연도에서 나온 모바일 페이먼트 회사로부터 나온 이름 스퀘어. 꽤 그럴싸하다. 그리고 내가 아는 회사 이름이 나왔다! 나의 지식을 어필할 때가 온 것이다!

"잭 도시라면 비트코인으로 유명해서 알고 있죠! 작년 비워드(Bword) 라는 행사에서는 비트코인 하드웨어 월렛 제작에 인생을 걸겠다고 말했던, 그 잭 도시가 사장으로 있는 회사가 스퀘어! 최근에는 회사 이름을 블록(Block)으로 바꾸었죠. 그럼 잭 도시가 사토시일 가능성이 있는 것일까요?"

"스퀘어는 비트코인과 창립 연도만 일치하는 것이 아니고, 함께 나란히 성장해왔어요. 특이한 연도를 하나 고르면 2013년, 비트코인의 가격이 급상승했을 때, 스퀘어는 일본의 스미토모 회사와 파트너십을 체결했죠."

"와, 2013년이라면 비트코인이 사회적으로 커다란 이슈로 떠오르던 시기! 그 시기에 일본에 있는 스미토모사와 파트너십을!"

"그렇습니다! 2013년에는 비트코인의 가격 상승과 연결된 큰 이슈들이 있었고, 게다가 스미토모사는 보통 회사와는 확연히 다른 상당한 의미가 있는 회사입니다. 스미토모 회사는 저의 추리 마지막에 사토시 나카모토를 확정할 커다란 연결점을 제공해주는 회사가 될 것입니다. 우선, 비트코인이 만들어지기 전의 시기를 보면, 2004년에 할 피니(Hal Finney)가 작업 증명(Proof of Work)이라는 것을 만들었는데, 다음 해인 2005년에는 그 스미토모사가 도코모(Docomo)라는 모바일 회사에 주식을 만들어주었습니다. 이것은 비트코인을 만들기 위한 펀딩(Funding) 작업에 들어간 것처럼 보여지고요. 사실 스미토모사는 오래전부터 골드만삭스가 소유한 회사였지요."

우와 탐정님 대단하시다. 이름에서 찾은 단서로 여기까지 풀어내다니! 그리고 그 풀이가 너무 잘 맞는다! 스미토모라는 회사가 커다란 연결점을 제공해준다는 말이 너무나 기대된다. 벌써 커다란 연결을 보여주고 있는 스미토모사에는 어떤 비밀들이 있는 것일까? 우선 차근차근 골드만삭스에서부터 질문을 해보자.

　"그렇다면 골드만삭스가 일본에서 비트코인을 펀딩했다는 것이고, 골드만삭스가 사토시 나카모토라는 것이라는 말이 될 수도 있겠네요?"

　"나이스 추리입니다! 사토시 나카모토는 한 명이 아니고 여러 명의 스파이라는 결론에 도달하게 되었어요. 골드만삭스 정도의 레벨에서 배출한 여러 명의 스파이, 그 사토시 나카모토들이 사이퍼펑크 회원들에게 접근해 비트코인을 만든 거로 생각합니다."

　아직은 탐정님의 추리에 잘 따라왔지만 여기서 막혀버렸다. 갑자기 스파이 이야기가 나오고 사이퍼펑크라는 단어가 나왔다. 전부 물어보자. 도대체 무슨 말인지!

　"죄송합니다. 이해가 가지 않습니다. 사토시라면 우리 편으로 화폐를 개혁하려는 영웅이라고 알려져 있는데 그리고 사이퍼펑크? 많이 들어본 것 같기도 하고 친숙한 말이네요."

　기다리던 질문이다. 스파이라는 말은 분명 생소한 말이었을 것이다. 사토시가 여러 명이라는 말에 의문이 많아졌을 것이다. 사이퍼펑크라는 단어까지 나와서 이해하기 쉽지 않을 테니 최대한 간략하게 설명하고 이야기를 이어나가자. 그녀가 잘 이해해준다면 사이퍼펑크에 대한 의문점이 생길 것이고 물어봐줄 것이다.

"우선 크립토라는 것은 비트코인 이전에도 존재했다는 것을 알고 계셔야 합니다. 사토시 이전에도, 사이퍼펑크 이전에도 크립토는 있었습니다. 1976년 와이트필드를 중심으로 군대에서 쓰던 크립토의 기술이 일반인에게 공개되어, 많은 지식인과 천재 프로그래머가 자연스럽게 그 신기술을 받아들이며 연구는 시작됩니다. 바로 그들이 사이퍼펑크입니다."

와! 탐정님이 비트코인 관련으로 이 정도의 지식을 갖고 계시다는 건 꿈에도 생각 못 했다. 크립토라는 특별한 기술력에서 발전한 거였다니. 처음 듣는 말이다. 그리고 사이퍼펑크도 간략하게 설명해주어서 이해가 되었다. 그렇다면 비트코인을 프로그램한 할 피니도 사이퍼펑크였던 것일까?

"그렇게 생겨난 사이퍼펑크에는 어떤 사람들이 있었나요? 혹시 할 피니도 사이퍼펑크인가요?"

"맞습니다. 사이퍼펑크 회원 중 유명한 인물로는 비트코인을 프로그램한 할 피니, 비트토렌트 파일 공유 시스템을 만든 브람 코헨...."

"비트토렌트라면 영화와 음악을 다운받게 했다던 그 전설의 프로그램! 그걸 만든 사람이 사이퍼펑크였다니!"

"그리고 위키릭스로 유명한 쥴리안 아상계가 있구요. 에릭 휴스, 티모티 메이, 잔 길모어 이 세 명은 시그너스 솔루션(Sygnus Solution)이라는 회사의 첫 미팅을 개최했고, 여기에 매력적인 미인 여성 프로그래머 쥬드 미혼이 사이퍼(Cipher)라는 단어를 처음 사용했습니다. 사이퍼펑크라는 단어도 이때 탄생했죠. 참고로 시그너스는 백조자리를 말합니다."

"사이퍼펑크에 그런 역사가 있었다니, 대단한 선구자들이 즐비하네요! 그리고 백조자리라면, 최초로 발견된 블랙홀이 발견된 곳 아닌가요? 최초의 미팅! 최초의 블랙홀! 최초의 선구자들과 새로운 단어! 뭔가 아이러니하네요."

"가끔 하늘을 보면 아이러니한 일도 발견됩니다. 블랙홀을 감싸고 있는 초강력 플라즈마의 이름은 코로나입니다!"

아이러니하다는 내 말도 좀 그랬지만, 탐정님이 갑자기 뚱딴지 같은 정보를 던지셨다. 시그너스와 코로나, 뭔가 굉장한 의미가 있는 것일까. 혹시 사토시를 밝히는 힌트가 되어주는 것일까?

"자, 그럼 정리를 해보겠습니다. 사토시 나카모토 추리의 시간이 왔습니다."

"와아! 사토시를 밝혀주세요, 탐정님! 기다리던 시간입니다."

"우선 사토시 나카모토 이름 풀이로 사토시 나카모토라는 이름을 만든 사람들을 찾아봤습니다. 그리고 이제 드디어 우리에게 잘 알려진 할 피니와 이메일을 주고받았던 그 사토시 나카모토들을 스파이 사토시들을 추리하겠습니다. 우선 직책이 높은 관리자급 사토시로 추정되는 인물은 1976년에 크립토라는 것을 세상에 알린 와이트필드입니다. 애초에 비밀리에 쓰이던 기술을 공개한 사람으로서 큰 직책을 갖고 나온 사람이죠. 군대에서 쓰이던 크립토를 보통 사람이 공개했다면 〈국가기밀방지법〉에 의해 바로 잡혀가게 됩니다. 그런데 그런 기밀을 공개하는 큰 역할을 했다면 커다란 조직 아래에서 공식적으로 활동하는 사람일 것입니다. 그리고 와이트필드는 비트코인이 탄생하기 1년 전에 화폐로서 중요한 도시인 런던을 방문했었고, 더군다나 코로나가 발생하기 1년 전 2018년에는 크립토 강연을 목적으로 중국을 방문했었습니다. 2018년은 중국 우환에서 크립토 콘퍼런스가 있었던 시기였습니다."

"와이트필드, 수상하네요. 비트코인과 중국 우환의 연결점도 무슨 의미가 있는 걸까요?"

"나이스 추리입니다! 연결점이 있습니다. 우환 콘퍼런스의 연결점은 두 번째 사토시에서 다시 확인됩니다. 두 번째 사토시를 설명합니다. 중국 우환 크립토 콘퍼런스에 참가했던 유명한 사이퍼펑크 회원이 있었는데요. 제프 모스! 별명은 Dark Tangent,

어두운 접점입니다. 제프 모스는 전 세계의 웹사이트 도메인을 관리하는 ICANN 회사에서 일했던 적이 있었어요. 외무국 출신이고, 오바마 의회와도 관련이 있고요. 현재는 미국과 중국 간의 이메일을 관리하고 있습니다. 특이한 사실은 그가 캐나다에서 DEFCON이라는 해커 콘퍼런스를 운영했다는 것입니다."

"딱 들어도 탐정 영화에서나 나올법한 전형적인 스파이 경력이네요."

"제프 모스가 의심이 가는 가장 큰 이유는 Black Hat이라는 보안 콘퍼런스입니다. 렌 싸사맨(Len Sassaman)이라고, 많은 사람이 사토시로서 유력하게 지목했던 사람이 있었습니다. 비트코인이 탄생한 2009년에 렌 싸사맨은 Black Hat이라는 컴퓨터 보안 콘퍼런스에서 발표를 합니다. 그런데 2011년에는 안타깝게도 Black Hat 콘퍼런스에 참가하지 못하고 그 몇 주 전에 운명하고 맙니다."

"맙소사, 사망!"

"여기가 추리의 기술을 발동할 때입니다! 크립토 거래소가 해킹당했을 때는 바로?"

"기억해요! 거래소의 사장이 해커다!"

"맞습니다! 사장은 비밀번호뿐만 아니라 직원들과 손님들의 상세한 정보도 갖고 있습니다. 누군가 컴퓨터 보안 콘퍼런스를 개최한다면, 그 분야 관련 사람들이 모두 집합하게 됩니다. 렌 싸사맨을 제대로 관찰하기 위해 Black Hat이라는 콘퍼런스를 개최한다면 그 사람의 개인정보와 일정 그리고 앞으로 계획하는 일들과 방향들을 전부 자세히 알 수 있게 됩니다. 그 Black Hat 콘퍼런스의 사장이 바로...."

"설마, 제프 모스?"

"맞습니다, 제프 모스! 유력한 사토시로 지목되었던 사람 근처에서 자신을 숨긴 자."

"어머, 말도 안 돼. 근처에서 보고 있었다니!"

역시 대단한 추리! 범인은 옆에서 정보를 보고 있는 사람. 모두를 그리고 모든 것을 알고 있는 사람. 거래소 해킹은 거래소 사장이 범인이라는 말도 점점 더 공감이 간다!

"그리고 제프 모스는 특이한 접점이 하나 있습니다. 제프 모스가 캐나다에서 DEFCON이라는 해커 콘퍼런스를 개최하고 있던 시기는 일론 머스크가 캐나다에 있던 시기와 일치합니다. 컴퓨터 언어에 능숙하고 온라인 관련 사업을 계획하고 있던 일론 머스크가 제프 모스의 컴퓨터의 해킹과 보안에 관한 DEFCON 콘퍼런스를 놓칠 리가 없었을 것입니다. 접점이 있었을 것입니다. 제프 모스의 별명은?"

"어두운 접점!"

"다음은 세 번째 사토시입니다. 사이퍼펑크 홀딩의 사장이자 비트코인 파운데이션의 창립자 존 마토니스. 대단한 경력을 가진 사람이지만 이 사람의 경력을 찾기가 힘듭니다. 그런데 겨우 찾은 이 사람의 경력에는 연도가 삭제되어 있었습니다. 사실을 밝히는 중요한 요소인 시간이라는 개념이 삭제된 것입니다. 연도만 지웠다는 건 누군가가 고의로 삭제를 했다는 것인데요. 이 존 마토니스라는 사람은 저의 사토시 나카모토 이름 풀이에서 나왔던 일본의 스미토모 회사에서 일해왔던 사람입니다. 그리고 지금도 일하고 있습니다."

"우와!"

그렇다. 맞는 말이다. 비트코인 파운데이션의 사장이고 사이퍼펑크 홀딩의 사장이라는 커다란 직책이 있는데, 경력이 삭제되어 있다니 게다가 탐정님의 사토시 이름 풀이에 나왔던 스미토모 관련자라니! 스미토모에서도 커다란 직책에 있을 것이 틀림없고 탐정님의 이름 풀이의 정확도도 훨씬 높여주었다. 감탄이 절로 나온다! 스미토모는 비트코인과 관련이 있음이 틀림없다! 그리고 스미토모라는 단어는 사토시 나카모토 이름 풀이에서 유추된 단어. 기가 막힌 연결이다! 그들은 사토시 나카모토인 게 분명하다!

"사토시 이야기는 여기까지입니다. 렌 싸사맨의 룸메이트인 비트토렌트의 브람 코헨도 의심이 가는 인물이지만 아직 그가 사토시라는 접점을 찾지는 못했습니다. 브람 코헨은 그냥 렌 싸사맨의 친한 친구가 아니었을까 생각해봅니다."

아쉽다. 여기서 끝나기는 아쉽다. 그렇다면 사이퍼펑크에 대해서 더 물어보자!

"쥴리안 아상계는 어떤 사람인가요? 그 사람도 사이퍼 펑크였다는 걸 전혀 모르고 있었지만 뉴스에서 자주 보는 인물이라 너무 궁금합니다"

"쥴리안 아상계는 위키릭스(WikiLeaks)로 세상에 진실을 알려준 영웅입니다. 목숨을 걸고 우리에게 중요한 정보를 알려주었던 에드워드 스노든이 무사히 탈출할 수 있도록 도와준 사람이기도 하죠. 에드워드 스노든의 이야기는 영화로도 만들어져서 모두 잘 알고 있을 겁니다. 하지만 현재 쥴리안 아상계는 성범죄자라는 이유로 감옥에서 지내고 있죠."

"콘돔 없이 했다는 이유로 감옥에 갔다는 뉴스에서 항상 나오던데."

"국민의 존경을 받았던 많은 사람이 갑자기 무너지고 적이 되는 경우를 자주 접하게 됩니다. 하지만 그럴 때일수록 우리가 존경하던 사람들이 혹시 우리들의 도움이 필요한 것은 아닌가 하고 한 번쯤은 생각해봐도 좋지 않을까 합니다."

"그렇군요. 그 말 잊지 않도록 적어야겠어요."

나는 탐정님께서 해주신 말을 잊지 않기 위해 수첩을 꺼낸 후 펜을 들어 적어 내려갔다. 역시 여기서 끝나기는 아쉽다. 한 명 더 물어보자! 사이퍼펑크의 찬란했던 시절에서 가장 유명한 사람! 비트코인을 프로그램했던 사람!

"사이퍼펑크에서 가장 궁금한 사람은 역시 비트코인을 프로그램한 할 피니예요. 살아 있다면 영웅이 되었을 사람일 것 같은데"

"우선 할 피니에게 안타까운 애도를 전합니다. 할 피니는 제가 유학하던 시절에 머물렀던 같은 동네에서 살고 있던 사람이라서 안타까운 마음에 그 병명을 살펴본 적이 있었습니다. 혹시라도 억울한 일이 있으면 안 되기 때문에 조사를 해봤죠. 지금 전해드리는 이야기는 일반적인 추리와 확률입니다. 누가 범인이고 누구에게 확신이 있다는 말은 절대 아닙니다. 할 피니는 2014년 58세의 나이로 사망하게 되는데, 병명은 근위축증이었습니다. 근위축증(ALS, Amyotrophic Lateral Sclerosis)은 근육이 약해지는 병으로 알려져 있습니다. 척추 부위의 옆쪽에 신경 경화 현상이 일어나면서, 신경의 문제로 인해 근육에 영양분을 제대로 공급받지 못하는 질병입니다. 중요한 사실은 어떻게 이 병이 발생하는지 아직 밝혀진 바가 없다는 겁입니다. 아무도 모릅니다. 이 말은 특정한 누군가가 고의로 사람의 신경을 약하게 만들어도

ALS라는 진단이 나올 수 있다는 겁니다."

"정말 그런 일이 가능할까요??"

"역사를 보면 1945년에 괌의 참모로라는 동네에는 ALS를 진단받은 사람이 보통의 100배였다고 합니다. 이상한 수치입니다. 조사해봤더니 그곳에는 1944년에 제2차 세계대전이 있었습니다. 자연스럽지가 않습니다."

"고의적인 수치!"

"맞습니다. 부자연스러움은 인공적일 확률이 너무 높습니다. 제1차와 제2차 세계대전 중에는 인공적으로 만들어진 것처럼 보이는 수치들이 많이 있었습니다. 근위축증은 아마도 인공적으로 만들어낼 수 있는 질병 중 하나일 확률이 꽤 높다고 생각합니다."

그 확률 꽤 높아 보인다. 말을 피하시려는 탐정님께 단도직입적으로 이야기하자,

"할 피니를 살려두면 안 되는 이유가 있었을까요?"

아, 내가 피하려는 말이 나오고 말았다. 곤란하다. 하지만 물어봐주셨으니 가능성만이라도 전하자!

"할 피니를 누군가 일부러 어떻게 했다는 말은 절대 아닙니다. 비트코인을 프로그래밍했던 할 피니가 사토시와 이메일을 교환했다는 사실은 모두가 알고 있을 겁니다. 이메일을 주고받다 보면 상대방의 지식의 정도와 스타일, 취향 등을 가늠할 수 있었겠죠?"

그렇다. 바로 그 방법으로 탐정님이 사토시 나카모토를 찾지 않았는가! 사람의 취향과 잠재의식은 무시할 수 없고 표출될 수밖에 없다!

"할 피니는 아마도 무언가 알면 안 되는 것을 발견한 것은 아니었을까요?"

그때, 사무실 문을 두드리는 소리가 '똑똑' 하고 들려왔다.

"들어오세요!"

20대 후반의 캐주얼 정장을 입고 가방을 들고 있는 키가 작은 남자가 어색하게 들어온다. 들어오는 형상을 봐서는 근처에서 오래 서 있다가 움직인 것 같다. 수염은 삐죽삐죽하고 양말은 오른쪽과 왼쪽의 무늬가 미묘하게 달랐다. 정장은 입었지만 빨래를 해야 할 것 같은, 그야말로 싱글의 삶을 살고 있어 보였다. 조금은 게으르지만 나쁜 사람은 아닌 그런 느낌이 들었다.

"자네, 기다리고 있었네!"

탐정님이 반겨주자 의뢰인이라는 사람은 기쁜 듯이 웃으며 사무실 중앙에 빠르게 자리를 잡는다.

"기억해주셨습니까! 여름방학 동안 탐정님이 운영하셨던 작은 카페에서 두 달 정도 일했던 아르바이트생입니다! 그 카페, 캬~

작은 곳이긴 했지만, 벽돌로 된 아치 모양의 창문으로 노을빛이 들어올 때면, 마치 환상의 공간으로 들어가는 문 앞에 선 것처럼 신비로움을 느끼곤 했었죠. 그곳에서 일하는 것이 자랑이었습니다! 짧은 시간만 일하는 것을 허락해주셔서 정말 감사했습니다. 더군다나 탐정님은 모르시겠지만, 그 작은 카페에서 저의 인생관이 생기고, 반짝이는 아이디어들로 가득 차 있던 카페에서 영감도 받아 사업에도 성공을 거뒀습니다. 그 은혜를 갚고자 이렇게 의뢰를 했는데 이렇게 빨리 찾아주셨다니! 사토시 나카모토를 찾아주셨다니 대단하십니다."

규리 씨는 놀라서 바로 뛰어가 우편 봉투를 열어 비트코인 월렛에 숨겨진 도청 장치를 발견했다.

"죄송합니다. 도청 장치가 있었습니다. 정밀한 부품이라 쉽게 눈에 잘 띄지는 않는데요. 워낙 중대한 사항이라 빨리 알고 싶은 마음에 그만...."

규리 씨는 누군가 자신의 대화를 듣고 있었다는 생각에 마음이 거북하다.

"우리가 하던 얘기를 전부 들은 거예요?"

"죄송합니다. 너무 궁금한 나머지 실례를 범했습니다."

의뢰인은 잠시 당황하다가 들고 있던 가방을 재빨리 열더니 무언가를 꺼낸다.

"따뜻한 차를 준비했습니다. 지인이 가져다준 알래스카산 상황버섯이에요. 제가 정성을 들여 밤새 끓여서 아침에 준비한 것입니다. 따라 드릴게요."

"알래스카산 상황버섯?"

규리 씨는 알래스카산 상황버섯이라는 말이 마음이 동요되어서 마치 차를 마실 준비라도 하는 듯 의자에 조용히 다소곳이 앉아 기다리고 있다. 모두가 자리에 앉아 잠시 차를 마시기 시작했고 뜨거운 차를 마시며 마음까지 녹아내린 규리를 보고 있던 의뢰인은 상황이 좋아졌다는 것을 느끼고 오랜 친구들과 이야기하는 것처럼 자연스럽게 말을 시작한다.

"사토시 나카모토 추리 대단했습니다. 규리 씨의 질문도 상당했고요. 그중에서 설명을 더 듣고 싶은 부분이 있는데요."

"사이퍼펑크가 더 궁금하신 건가요?"

규리는 금세 친해진 듯 자연스럽게 대화에 참여하고 있다.

"크립토라는 기술을 세상에 공개한 이유입니다. 탐정님의 말씀처럼 와이트필드가 1976에 크립토 기술을 세상에 공개했다는 것은 40년 전부터 계획을 했다는 말이 되는데요, 그렇게 오랜 계획을 세웠다는 건 뭔가 큰 의미가 있어서일까요?"

"맞네요! 그 정도 계획을 세웠다면 뭔가 의미가 있겠는데요."

조용히 차를 마시며 맞장구까지 쳐주는 규리는 너무 귀여워 보이고 의뢰인은 그런 규리에게 상당한 호감이 있는 듯하다.

"크립토를 공개한 이유는 커다란 주제라서 오늘은 때가 아닌 것 같고, 그 대신 크립토라는 단어를 설명해주겠네. 크립톤(Krypton)이라는 화학 원소가 있는데, 그것의 성질은 무색·무취이고, 희소성과 반감기가 있지."

그 말에 의뢰인은 바로 무릎을 치며 감탄한다.

"와! 그런 화학 원소가 있다는 것은 알고 있었지만 그 성질은 생각 못 하고 있었습니다. 무색, 무취 그리고 희소성과 반감기! 왠지 비트코인의 성질하고 똑같다고도 할 수 있겠는데요!"

"그리고 사진 기술에도 화학 원소 크립톤(Krypton)이 쓰였는데 그것이 나중에 사진 속에 단어를 숨겨 넣는 암호의 기술로 발전을 하게 되지."

"우와! 사진기를 사용하는 암호 기술 역시 크립토의 성질과 똑같은데요! 좀 더 자세히 설명해주실 수 있으시나요?"

이번에는 연달아 무릎을 치며 감탄하는 의뢰인이다.

"사진기가 발명되고 수백 명의 사진사들이 지원을 받아 전 세계로 여행을 시작하게 되었는데, 거대한 미국을 기차로 가로질러 세계를 횡단하는데 88일 정도가 걸렸지. 그들의 이야기에서 아이디어를 얻어서 책으로 출판된 것이 바로 《80일간의 세계일주》!"

"와우! 세계 곳곳을 기록해 미리미리 문화를 확인하고, 군사력도 확인하고 주요 인물들의 얼굴까지 확인이 가능했을 것이고, 회사들의 상황과 회사의 사장까지 빼돌린 기술이 되는 거네요! 감탄이 절로 나옵니다!"

의뢰인의 갑작스러운 말에 규리는 감당이 안 되는 듯 어리둥절하다.

"무슨 말씀이신지. 제가 잘못 듣고 있던 것일까요. 탐정님은 《80일간의 세계일주》 책 이야기하셨는데 거기서 세상을 기록하는 이야기가 나오다니. 탐정님 어떻게 된 일이죠?"

"이분의 시각이 보통 사람과 다른 이유는. 직업의 특성입니다. 그래서 저는 이분의 이름을 아직 부르지 않았습니다."

"규리 씨라면 이름을 알려드려도 됩니다. 스파이 슈라고 합니다!"

"왠지 맵다는 의미의 스파이시(Spicy)로 들려요"

갑작스러운 규리의 개그에 잠시 침묵이 흘렀지만, 이야기는 계속 진행된다.

"스파이 슈의 말대로 크립토의 초기 역사는 스파이 기술이었다고 해도 과언은 아닙니다. 크립톤(Krypton)과 포토그라피(Photography)라는 단어가 결합해 암호 기술을 대표하는 크립토그라피(Cryptography)라는 말이 생겨났고, 사이퍼펑크에 의해 온라인과 파이낸셜(Financial) 기능이 추가되면서 화폐로서 작동이 가능한 크립토라는 단어가 탄생이 되었습니다."

"크립토그라피(Cryptography)라는 말이 궁금했었습니다. 화폐와 관련된 많은 논문이 있어서 확인한 적은 있었지만 그렇게 연결이 되어 있을 줄은 몰랐습니다. 파이낸셜이 추가되어 크립토라는 단어가 생겨났네요."

스파이 슈의 반응이 좋다. 스파이 슈의 해석에 귀를 기울이고 듣는 규리 씨도 아주 반응이 좋다. 두 분에게 친숙한 이야기도 해보자.

"화학 원소 크립톤은 레이저에도 쓰이게 되면서 영화에도 등장하는데요. 슈퍼맨의 눈에서 나오는 레이저 빔이 바로 그것이고 비트코인을 지지하는 사람들이 자신의 프로파일 사진에 레이저 빔을 눈에 부착하는 경우도 있습니다."

"슈퍼맨이라면 크립톤 행성에서 왔다는?"

슈퍼맨이라는 말에 규리 씨가 질문이 많아 보인다.

"1938년 슈퍼맨이 만화책으로 출간됩니다. 크립톤이라는 고도의 문명이 발달한 별에서 조앨이라는 과학자는 아들 칼엘 슈퍼맨을 지구로 보냅니다. 그리고 슈퍼맨을 따라 지구로 온 강아지 그 이름은 크립토입니다."

"강아지라면 혹시 도지코인을 말씀하려는 것인가요?"

규리는 도지코인이라는 말에 귀가 더 솔깃해졌다.

"도지코인 역시 문화 속에 벌써 자리 잡고 있다고 생각하고 있습니다."

"오, 도지코인을 구매해야 하는 걸까요?"

스파이 슈 역시 도지코인에 상당한 관심을 보인다. 이 두 사람은 공통점도 많고 관심사도 비슷하다.

"도지코인 이야기는 다음에 하기로 하고 스파이 슈와 규리 씨의 공통점이 있습니다. 바로, 오늘 오랜만에 만났다는 것과 특별한 재능이 있다는 것입니다."

"특별한 재능? 이 슈라는 사람이 가진 특별한 재능은 무엇인가요?"

"슈의 능력은 인기척이 적다는 것입니다. 먼지 하나 날리지 않고 움직이고, 숨도 제법 길고, 체온도 낮은 편이라 바로 옆에 있어도 기척이 느껴지지 않을 때가 있죠. 가장 큰 능력은 책임감입니다. 만약 규리 씨가 같은 팀이 된다면 어떤 일이 있어도 온몸을 바쳐 규리 씨를 지켜낼 사람도 바로, 이 사람 슈입니다."

"저기 이야기가 이상한 방향으로 흐르는 것이 아닌가 하는 생각도 드는데요. 그런 도마뱀 같은 능력 말고 도지코인에 대해서 더 이야기해주시면 어떨까요. 아직 이야기 시작하던 도중이었는데요."

"도, 도마뱀 너무하십니다! 그래도 상황이 이렇게 된 이상, 할

말은 해야죠. 사실 규리 씨처럼 이쁜 눈을 가진 사람은 처음 봅니다. 이것은 사람을 끌어들이는 마력입니다. 그야말로 초능력입니다. 어떤 일이 있어도 규리 씨를 지켜드리겠습니다. 그리고 탐정님과 함께 일할 기회도 바라고 있었습니다. 제가 필요하다면 언제든지 불러주십시오. 바로 달려오겠습니다!"

"저기 혹시 저 지금 청혼받은 거 아녜요? 왠지 그런 것처럼 들리는데 그런 거 맞나요?"

"하하하, 그런 느낌도 없지 않아 있는 듯한데 스파이 슈하고 규리 씨가 천생연분이라는 저의 추리가 적중한 것 같은데요."

그렇게 이야기는 해 질 녘까지 계속되었고 슈가 먼저 집에 돌아간 후에 나도 사무실 정리를 끝내고 퇴근해 집에 돌아와 있다. 그렇게 갈망했던 첫 출근 후에 첫 퇴근이라는 것에 지금도 가슴이 쿵쾅쿵쾅 뛰고 있고 사람들과 일을 한다는 것이 이런 것이구나 하는 생각도 들었다. 나의 능력을 필요로 하는 곳이 있고 같이 일할 동료가 있고 그리고 현실을 제대로 직시하게 해주는 의뢰인들. 오늘 하루 만에 이렇게 많은 일이 일어나다니. 집에서 테니스공과 혼자 놀던 때는 하루가 천 년 같았는데 오늘은 천 년이 하루 만에 지나가는 것 같다.

천년야화: 엘사와 고양이

나는 마야미 첼리스트. 가끔 기도를 한다. 매일 기도를 하고 싶지만 나는 그럴 만한 자격이 없고 그냥 방황하는 존재이다. 오늘은 보고 싶은 사람이 한 명 생각이 났다. 어쩌다 보니 공생 관계가 됐다고 해야 할까. 아니면 내가 일방적으로 쫓아다닌다고 해야 할까. 오늘도 망설여지지만 그에게 방문하기 위해서 나름대로 심사숙고하고 열심히 준비했다.

마야미 씨가 자신의 주소라며 쪽지를 남겨 두고 떠나셨다.

심장 박동 127 혈압 198

난해하다. 무슨 의미일까? 혈압이 198이라면 병원에 입원해야 할 상황일 수도 있지만 모두가 그런 것만은 아니다. 혈압 198에 맞춰서 오랜 시간이 지났다면 몸이 적응해 주어서 정상적인 생활이 가능한 사람들도 있다. 평소의 심장 박동이 127이라면 빠른 편일 수도 있겠지만 편안히 누워 있는 상태에서도 근육이 아닌 다른 곳에 끊임없이 에너지를 쓸 경우 127이라는 심장 박동이 평균 심장 박동으로 기록되기도 하는데 커피를 즐기는 마야미 씨의 혈압이 198이라고 가정한다면 에스프레소 샷을 연달아 마시는 순간 그녀의 상태는 생사를 넘나드는 상황에 쉽게 처하게 될 수도 있겠지만 평소의 그녀의 말투와 체온을 계산해서 심장 박동 127은 긴장 상태에 있다는 뜻이 되고 혈압 198은 과도한 자극이 가해지고 있다는 말이 될 수도 있는데....

밀린 일을 끝내고 오랜만에 책방에 들르게 되었다. 이곳은 나의 첫 번째 의뢰인 규리 씨를 10년 만에 만난 곳으로 책의 냄새가 맡고 싶을 때 자주 방문하는 장소이다. 동물 관련 서적은 내가 지나칠 수 없는 곳으로 그곳에 앉아서 책을 읽기 시작하면 다른 일들을 까먹기 때문에 서점 직원이 와서 인사해 줄 때가 책방 마감 시간이라는 것을 알게 된다. 마감하는 시간에 같이 퇴근하다 보면 같은 직장 동료처럼 생각되기도 하기 때문에 서점 직원들은 맛있는 것이 있으면 나에게 갖다 주기도 하고 내가 혹시 목마를까 봐 두 시간 간격으로 얼음물도 제공해 준다. 아무래도 나를 길고양이로 생각하는 것일까?

몇 주 동안 내가 보이지 않으면 궁금해하다가 서점 안의 같은 장소에 느닷없이 앉아 있는 나를 발견하게 되면 폭풍 환영을 하기도 한다. 어떤 직원은 내가 신고 다니던 똑같은 신발을 신은 사람을 보고는 울컥해서 눈물을 쏟았다고도 한다.

서점에서 읽은 책들은 전부 구입해서 나중에 더 읽기도 하고 그 책이 필요한 사람들에게 선물로 주기도 해서 책을 받은 사람들이 자신의 취향이 꿰뚫어져 버렸다고 당황하게 되는 일도 발생하는데 책으로 사람을 본다는 북토시(Book Toshi)라는 별명으로 불러 주시는 분도 있었다. 사토시는 꿰뚫어 본다는 의미가 있고 비트코인을 만든 사람으로도 알려져 있다.

오늘 눈에 띄는 책들은 고양이 관련 서적. 이 책들을 보는 순간 내가 잊고 있었던 이세계에서의 생활이 주마등처럼 지나가는데 내가 가장 잊고 있었던 한 명은 치즈루이다. 원래 치즈루는 현실 세계에서 규리 씨와 스파이 슈의 고양이이고 가끔 보곤 하는데 이세계에서 내가 이름을 지어 주었던 치즈루와는 조금 달랐다. 사람의 형상이 되었던 그 치즈루는 잘 지내고 있을까?

물론 이세계에서의 시련은 힘들었다. 좋았던 순간도 있었지만 그곳에서 돌아오는 과정에서 많은 것을 희생해야 했기에 지금 당장은 돌아가지 않겠지만 이곳의 일이 어느 정도 정리가 되었다고 생각이 들 때 그곳에 가 봐야 한다는 계획이 있다. 오랜만에 치즈루도 볼 겸 해서 규리 씨와 스파이 슈의 아침 카페에도 들러 보려 하는데 오후의 한가한 시간에 방문하면 큰 폐를 끼치진 않을 것이다.

날씨가 꽤 추워져서 가게 안에 사람이 한 명도 없었다. 치즈루가 나의 기척을 알아채고 먼저 뛰어나와서 반겨 주었는데 규리 씨와 스파이 슈는 아직 보이질 않고 테이블 청소를 하고 있던 직원이 다가와 자신이 누구인지 소개를 한다.

"저 미이래예요. 마요네즈 좋아한다고 마요마요 삐요삐요라고 놀렸던 미이래예요. 헬멧 쓰고 오토바이를 타고 다니고 아침에는 아르바이트를 하던 미이래예요."

　현실로 돌아오고 나서 정상적인 생활을 하고 있다고 생각했던 나였는데 아무래도 정상적이지 않은 부분이 있는 것 같다. 내가 기억을 못 한다고 한다. 마요마요 삐요삐요라는 이름은 내가 지었을 법하다. 사실 나는 사람 이름으로 장난치는 것을 꽤 즐겼던 적이 있었다. 이때 사무실에서 일을 마친 엘사가 다가와서 미이래와 나에게 이야기해 줄 것이 있다고 하였고 아침 카페의 테이블에 모두 앉게 되었다.

　"미이래 씨 그리고 탐정님. 제가 두 분께 설명해 드릴 게 있어요. 탐정님은 색약이십니다. 기본적인 색깔을 구분할 수는 있지만 특정한 색깔이 섞여 있을 때 보통 사람과는 다르게 보이게 되는데요. 신비하게도 탐정님의 눈 옆에 강한 불빛을 갖다 놓으면 모든 색깔을 문제없이 구분할 수 있게 됩니다. 이것은 탐정님만이 아닌 다른 색약이신 분들에게도 해당되는 일반적인 현상인데요. 이 말은 사람의 기본적인 감각이 특정한 밝기나 강도에 의해 완전히 다르게도 보일 수 있다는 말이 되고 탐정님께서 미이래 씨를 제대로 구분하지 못하시는 것과도 연관이 있을 거라는 결론에 도달하였습니다. 미이래 씨에게는 비밀로 했지만 탐정님은 다른 이세계라는 곳에 있다가 현실로 오셨고 그 과정에서 특정한 부분에 대해 받아들이는 감각이 바뀐 것 같다고 생각합니다. 그래서 저는 집에 있는 시간에 나름 연구를 해 보았습니다. 어떤 상황에서 어떠한 조건이 갖추어져 있을 때 그런 일이 발생할 수 있을까 하는 연구를 위해 이번 일주일은 탐정님과 미이래 씨를 따라다니며 미행도 하고 숨어서 보기도 했습니다."

엘사의 이야기는 꽤 흥미로웠다. 색약에 대한 전문적인 지식이 있는 것도 놀라웠지만 지금 엘사의 이야기가 맞는다면 끈기 있는 그녀의 관찰력과 집중력에 놀라울 뿐이다. 어느 정도 자신 있었던 나의 탐지를 벗어나서 내가 감지하지 못한 연구를 진행하고 있었다니. 그녀의 심리 기술은 대단하다. 내가 모르는 새로운 기술을 적용해 본 것이었을까.

"그래서 오늘 실험을 해 보고 싶었습니다. 탐정님이 미이래 씨를 구분하지 못하는 것인지 아니면 다르게 인식하고 있는 것인지. 그럼 실험을 해 보겠습니다. 미이래 씨는 의자에서 일어나서 탐정님을 불러 주세요."

"저기, 저 미이래예요, 스타게이저 탐정님."

"그럼 지금 이 상황을 탐정님은 어떻게 생각하시나요?"

이세계에서 현실 세계로 돌아온 후 적응이 안 되던 부분들은 시차에 적응하듯이 시간이 해결해 주었었다. 그래도 왠지 모르게 완벽하고 정상적인 생활에서 조금은 빗겨 나가 있다고 짐작은 하고 있었다. 사람이 큰 수술을 하게 되면 10년을 늙는다는 이야기가 있다. 죽었다가 깨어났다는 사람들을 보면 신체의 감각 중 깨어나지 않고 잠자는 부분이 있어서 고생하시는 분도 최근에 만난 적이 있었다. 엘사의 질문에 대답하기가 어려웠던 것은 이세계의 기억이 점점 희미해져 가고 있던 시기였기 때문에 기억의 혼돈과 함께 표현의 형상화도 제대로 작동을 해 주지 못하고 있는 상태의 도중에 있는 상황이기 때문이라는 생각이 든다. 그래서 엘사의 질문에 간결한 표현을 사용하였다. 형상화가 온전히 되지 않았기 때문이다.

　"음, 세상에는 약간 흐릿하고 뿌옇게 보이는 부분도 있군."

　"역시 예상대로입니다. 미이래 씨의 움직임이 뿌옇게 보이는 현상은 이세계에서 치즈루가 보여 주었던 한 가지 현상이 원인이라고 생각합니다. 탐정님이 계셨던 곳의 모든 자료는 갖고 있지는 않아서 확실하게 말씀을 드릴 수는 없지만 그때 등장하신 여성분은 미이래 씨와 비슷한 DNA를 소유하고 계시는 미이래 씨의 언니였다고 생각합니다. 여기서 중요한 부분이 있습니다. 주파수 판독 결과 미이래 씨의 언니는 이세계 사람이 아니었습니다. 그래서 이세계의 공간을 뚫고 등장하신 그 순간에 탐정님에게는 지금처럼 뿌옇게도 보이는 현상이 있었을 것입니다."

역시 엘사이다. 대단한 추리이다. 한정된 연구 결과에서 가능한 접점들을 찾아낸 열정과 끈기뿐만 아니라 그녀의 추리하는 능력도 같이 성장해 주었다.

"저는 지난 몇 주간 미이래 씨와 탐정님을 주시하면서 어느 정도 확실한 현상들을 기록했습니다. 미이래 씨가 탐정님의 2m 반경 안에 가까이 있을 경우 그리고 그녀의 평소 심장 박동이 127 상태에 있을 경우가 바로 탐정님의 인지 능력이 달라지는 때였습니다."

"엘사! 갑자기 흐름을 바꾸는 말을 해야 할 것 같은데 127이라는 숫자가 나에게는 특별한 숫자이기도 해. 127이라는 정보와 미이래 씨의 현상에서 짐작하는 부분이 있는데 그 말은 혹시 미이래 씨가 이세계로 가는 열쇠를 제공해 줄 수도 있다는 가능성도 있을 것 같은데 엘사의 의견을 듣고 싶어."

"가능한 이야기입니다. 애초에 그 뿌연 현상은 이세계에 발을 들여놓는 미이래 언니의 등장이었고 그 뿌연 현상이 이곳에서 탐정님에게 보인다는 것은 탐정님은 이세계로 갈 수 있는 미세한 차이를 인지할 수도 있게 된다는 가능성이 있습니다. 믿기 힘든 이야기를 해 드리겠습니다. 탐정님이 혼수상태에 계시는 동안 탐정님의 맥박과 혈압의 수치를 1분 간격으로 모니터했던 적이 있었습니다. 흥미로운 사실은 심장 박동 127 혈압 198에서 탐정님이 세계와 이세계를 잠시 넘나드는 것을 목격했었습니다. 마치 종이 한 장 차이로 보였던 그 현상은 산소량 97에서 더 높은 확률을 보여 주었습니다."

"미이래 씨."
"네, 탐정님."
"도와주세요. 저는 이세계에서 확인해야 할 것이 하나 있습니다. 그리고 어떤 이유에선지 저는 미이래 씨를 인지하는 능력에 고장이 난 것 같지만 이세계에 가서 그것도 고쳐서 돌아오도록 해 보겠습니다."
"물론 도와드리죠. 그런데 제가 어떻게 해야 하나요?"
"엘사가 저를 도와주는 동안 2m 반경 안에 계셔 주시면 저의 길을 밝히는 역할을 해 주실 것입니다."

"네. 알겠습니다, 탐정님. 그런데 존댓말 안 쓰셔도 돼요. 2m 안에서 절대로 나가지 않고 지켜보겠습니다."

혈압 198. 나의 신체 시스템에서 가장 극한 상태의 수치. 이 수치를 마야미 씨는 자신을 찾는 주소라고 하였다. 내가 종이 한 장이라는 그 차이를 찾는 동안 엘사가 나의 상태를 모니터해 주었고 미이래 씨의 도움으로 이세계에서 끝내지 못했던 일을 마무리하기 위한 여행을 떠나게 되었다.

"다녀오세요."
안녕히 가세요, 탐정님. 보내 드릴 시간이다. 다시 돌아오셔서 기뻤었다. 하지만 이제 보내 드리는 것이 탐정님을 위한 일이라는 것을 나는 알고 있다. 이 현실 세계 말고도 탐정님을 애타게 기다리는 사람이 있고 그 사람은 탐정님의 어린 시절부터 운명으로 이어진, 내가 들어갈 틈이라고는 없는 불멸의 연결이라는 것을 알 것 같았다. 탐정님의 정신이 이세계를 떠돌던 때에 그곳의 상황을 모니터하면서 대략적인 이미지와 지형 등을 잡아내고 산가브리엘로 가는 길의 포인트 지점과 타이밍을 간파하고 그곳에 나의 이미지를 심어서 대화를 시도하는 때는 치밀한 연구가 뒷받침되어 있었다. 나의 주파수와 심장 박동 그리고 뇌로 보내지는 산소량의 조절로 마침내 이세계로의 나 엘사의 등장이 성공을 하였고 탐정님의 관심을 최대한 끌기 위해서 메이드복을 연출했는데 탐정님은 비밀로 하고 계시지만 난 오래전부터 탐정님의 취향을 간파하고 있었던 것이었다. 그렇게 해서 과학 장비의 뒷받침과 그 성공적인 연결로 인해서 탐정님을 현실 세계로 데려올 중요한 역할을 제대로 해 주었는데 물론 다른 분들의 도움 없이는 불가능한 시나리오였다고 알게 되었다. 이 과정에서 나는 고양이 치즈루가 짧은 시간 동안 변신했던 과정을 목격해 버리고 말았다. 나의 짐작으로 그 여성은 미이래의 언니가 확실해 보인다. 어릴 적 기찻길에서 운명하신 그분은 탐정님의 기억 속에서 강렬하게 자리 잡고 있었고 탐정님이 만나셔야 할 분은 미이래의 언니인 것이 분명하다는 사실을 인정하게 되었다.

탐정님을 내가 존경하는 이유는 평범함이다. 같이 해결해 나가는 사건들도 흥미진진했지만 의뢰인들을 대하는 탐정님의 자세와 그 과정들을 바라볼 때면 그들의 아픔을 자신의 아픔으로 대하고 있는 것이 당연하다는 표정으로 자연스럽게 평범하게 계시는 탐정님은 내가 존경하는 사람이고 좋은 심리학자이자 미래를 예측하는 스타게이저의 사무소에서 일하는 것은 어떤 시련이 닥쳐와도 나의 평생 직업으로 생각해 왔다. 만약 이번 여행으로 탐정님이 돌아오시지 않는다면 난 언제나 마찬가지로 울어 버릴 것이다. 돌아와, 스타게이저.

천년야화: 기다리는 로켓

1판 1쇄 발행 2023년 2월 28일
지은이 라스트로보

교정 주현강 **편집** 윤혜원 **마케팅·지원** 이진선
펴낸곳 (주)하움출판사 **펴낸이** 문현광

이메일 haum1000@naver.com **홈페이지** haum.kr
블로그 blog.naver.com/haum **인스타** @haum1007

ISBN 979-11-6440-296-0(03810)

좋은 책을 만들겠습니다.
하움출판사는 독자 여러분의 의견에 항상 귀 기울이고 있습니다.
파본은 구입처에서 교환해 드립니다.